盧梭
袁筱一——譯

一個孤獨漫步者的遐想

Jean-Jacques Rousseau

Les Rêveries du promeneur solitaire

一個孤獨漫步者的遐想

Les Rêveries du promeneur solitaire

我無罪——關於盧梭的《一個孤獨漫步者的遐想》

吳明益　東華大學華文系教授

我的靈魂是他們惟一無法從我身上奪走的東西。

——盧梭（Jean-Jacques Rousseau）

記得學生時代，歷史課本提到盧梭，總是附上一幅拉突爾（Maurice Quentin de La Tour, 1704-1788）所繪的畫像，畫裡的盧梭四十一歲（1753），有著細而挺的鼻子，眼神熱情洋溢，彷彿世界對他充滿愛意。此時的他或許還無法預知（或已然預知？）隔年自己將為了「第戎科學院」（the Academy of Dijon）的徵文寫出的《論人類不平等的起源和基礎》，不但未獲獎，還將是他的思維與當時宗教、社會對立、衝突的開始。

《論人類不平等的起源和基礎》出版後不算順利，這本備受爭議的書中提到人類有兩種不平等，一是自然或說是生理上的不平等，另一種是精神與政治上的不平等。對於後者不平等的起因，盧梭判斷「誰第一個把一塊土地圈起來並想說：這是我的，而且找到一個頭腦十分簡單的人居然相信了他的話，誰就是文明社會真正奠基者。」也就是說，在盧梭眼裡，文明社會不平等的起因就是「財產私有制」。但盧梭並未像一般哲學家幻想把社會倒推回自然階段就算了，因為他認為此刻社會已不可能回去那個自然時代，現代文明必得建立在財產私有制之上。他的思維再往前推進一層，認為文明社會**得走向新的契約式的平等**。當時盧梭只是隱隱然這麼覺得，當然，多年以後我們可以確知，那個概念將發展成他著名的《社會契約論》(*On The Social Contract or Principles of Political Right*)。

有很長的一段時間，我並未真正讀過《社會契約論》，這本書據說即使在西方，和達爾文的《物種源始》一樣，都是最多人聽過書名，卻最少人真正讀過內容的經典之一。對學生時代的我而言，當時困擾於各種渾沌不明難以記憶的思想流派，唯有那雙熱情的雙眼令我難以忘記。我跟多數的臺灣讀者一樣，是先接受了他不算高明的小說，卻是動人教育論述的《愛彌兒》，才一步一步地讀完這位啟迪人類新時代的思想家其他著作。

當我讀到這批題為《一個孤獨漫步者的遐想》的書稿，其中的「漫步之十」

甚且是盧梭最後的文章，眼前似乎又浮起盧梭畫像裡那雙熱情的眼睛。不過，事實上寫這批文章時的盧梭已近遲暮，眼神或許只有疲憊也不再熱情。彼時他墜入嚴重的被迫害妄想症中，四處移居。倘若我們發現一年前他剛完成《對話錄》（*Dialogues: Rousseau Judge of Jean-Jacques*）時，想把書置於聖母院的祭壇上獻給上帝，卻未得其門而入，就可以發現不少人已經把他當成瘋子。

然而彼時盧梭當然並未瘋狂，他只是因為精神上的孤獨而陷入自憐自傷的情緒中。這本書稿的內容大致撰寫於一七七六年到一七七八年之間，其中一部分彷彿是《懺悔錄》（*The Confessions*）加上《對話錄》的精簡版，充滿了對論敵的回應和矛盾的自我辯解；另一些則是晚年盧梭逼視自己心靈深處的自省與自剖。而最令我著迷的莫過於他從植物標本的採集中，感到那是一項挽救自己心靈的活動。總讓人想到他在《愛彌兒》中寫的：「我把所有一切的書都合起來，只有一本書是打開在大家眼前的，**那就是自然的書**。正是這本宏偉的著作中我學會了怎樣崇奉它的作者。任何一個人都找不到什麼藉口不讀這本書，因為它向大家講的是人人都懂得的語言。」

我在閱讀文稿時，並沒有刻意用所謂的「文學」觀點去解讀它們，我也不建議讀者光是這麼做（雖然這系列散文確實放在西方散文史上也有很特殊的評價）。

相反地，我認為讀者或許身旁若有個簡單的盧梭年表（包括他愛情、教育、著作、移棲的年表），或許才較容易進入這些皆名為「散步」的散文裡，稍稍理解這個擁有不可思議洞見、浪漫又實際，前衛且特立獨行的瘋狂靈魂，在美麗的愛爾蒙維爾（Ermenonville）腦溢血辭世的前兩年，如何逼視自己的一生。

「漫步之一」的第一句便是「我就這樣在這世上落得孤單一人，再也沒有兄弟、鄰人、朋友，沒有任何人可以往來」，充滿了「被棄」的痛苦。而令人難以接受這樣的痛苦的原因是，盧梭自認是「人類最親善、最深情的一個」。我無意在這篇短短的序文裡，一一指出每篇文章的特色，囉唆地提醒讀者，但我認為這是讀這部書稿很重要的一個關鍵——那就是即便像盧梭這樣的思想家，都無可避免地陷落在自我評價和他人評價落差中，直至生命消逝。因此，做為與多數人一樣的普通讀者，我每翻一頁，都不免停下來檢視自己心中對自我評價的矛盾。我以為，盧梭在散步中領悟的，不是人生足以消弭這樣的落差，而是人生「得」接受這樣的落差。因此，正如盧梭自己指出的，《對話錄》在標題上雖然是盧梭自己與自己的對話，其實卻是他與下一代人的對話，真正的思想家，有時對話的是非常遙遠的對象。

我想回到四十三歲的盧梭。當時寫作《論人類不平等的起源和基礎》時，他認為人類社會的不平等有三個階段：第一個階段是富人與窮人間的不平等。當土地私有制成立後，農田不再只是生長穀物的豐饒之地，它也成了「奴役和貧困」滋長的場所。一些人靠著取得更多的土地，逐漸變成了壓迫者。第二階段則是壓迫者和服從者間的不平等，這緣自於富人創造了宣稱是「明智的法律」來設立「契約」，漸漸形成統治者與服從者的階級。這時已不再是經濟上的不平等而已，同時還出現了政治上的不平等。第三階段則是合法的權力變成專制的權力，君主或統治者隨心所欲地壓迫被統治者，形成一種主人與奴隸的不平等。由於被統治者都變為奴隸似的身分，因此除了統治階級以外的人，又都變成「平等」的了。盧梭認為這個新的狀態，終使被奴役者會群起反抗而推翻專制政府。

這樣的思維以當時的眼光來看，未免太前衛、太危險、太強悍了不是嗎？這樣的心靈，怎麼可能與那個時代順利對上話？

不過，盧梭終究還是在這最後的文稿中，處處留下「徹底、持久」的「自憐自艾的孤寂」。我以為那樣不可消滅的孤寂來自於幾方面。首先，出身貧窮的盧梭，雖因好友狄德羅（Denis Diderot）等人的關係而度過了一段「沙龍生活」（彼時法國的沙龍才是思想家、文學家的成名管道），但終究無法適應而分道揚鑣。那種被富裕生活吸引時同時被自己深層靈魂的反省衝擊的複雜感受，一直存在盧梭的心中，唯有在抄寫樂譜或投入植物調查時，才勉可稍減。其次，盧梭的愛情或許不是根植在那個與他生了孩子，同居二十餘年才結婚的戴蕾絲身上。這也是個沒有解答的遺憾，可以從他的「漫步之十」是寫給華倫夫人這位既是「媽媽」，也是「情人」的女性就可以感覺到。「我在這世上活了七十年，可真正可稱之為生活的，只有七年。」盧梭用這句話來影射了自己的愛情。最後，也是最重要的一個，他畢竟真的將自己親生的孩子送進育幼院，雖然在「漫步之九」不斷辯駁他是因為貧窮與教養才不得不這麼做，但我相信那在盧梭的生命裡，是難以填實的一個巨大空洞。

這是盧梭最短的書，當然也是他最後一本書。那是在他漫漫長路後，以為可以為自己人生打上句點的珍貴文字。在「散步之七」中，他說在六十五歲的時候，曾想過要把瑞典植物學家穆萊（Murray）的〈植物界〉熟記在心，「並且認遍世上所有的植物」。這當然是做不到的譫妄之語。據說盧梭在一七六八年陷入精神病症的泥淖時，給外界的信往往以「我無罪！」作結。我並非教徒，但我一向認為，罪的本質在於罪的定義，人的一生要以自認的無罪作結，唯一的可能就是給「罪」

下一個極寬鬆的定義，否則根本是做不到的事。

但正因為做不到，盧梭卻如此坦然地說出來，像宣稱自己要認遍世上所有的植物一樣，或許真的驚嚇到整個時代也不一定。就像他後來使用的，超越時代的「公眾意識」（general will）一詞，不但他自己說不清，說實在的，直到現在我們也還說不清。只是此刻我已不覺荒謬，因為歷史讓我們得見像盧梭這樣的人的孤獨身影，像每一種未曾被發現、命名、全然理解的植物，如此獨特地光輝、美麗著，並永遠在某處啟發我們看到一個新的世界。

中譯本序

袁筱一

據說這是盧梭的最後一部作品——《漫步之十》寫於一七七八年四月十二日，後來就沒有繼續下去（是不願呢，還是不能？），到七月盧梭猝然去世，一直都還是這麼兩張紙，戛然中斷而沒有餘音。換了現在的流行方式，在書店門口豎一張蠟黃的紙板，寫著誰誰誰的遺作，照例不太好看的黑字，也很有觸目驚心的效果，驚的是好奇心。

中國古話裡說，鳥之將死，其鳴也哀。大概是這個緣故，評論界一向把《一個孤獨漫步者的遐想》視為盧梭臨終前的善言。「我煩躁、我憤怒，這使我沉湎於一種譫妄之中達十餘年之久。」如果我們相信盧梭的話，他是在寫這十篇遐想的時候才「重新找回了靈魂的安寧」。十篇漫步沒有一定的順序，也沒有一定的體例，連確切的寫作時間都無從考據。就在這種狀況下，這十篇漫步成了盧梭「最富特色」的作品。

善言的盧梭是冷靜的：「於是我只剩下一件事可做了，我終於決定服從命運的安排，再也不與這定數相抗了。」（《漫步之一》）

善言的盧梭是感人的：他對命運的服從雖脫不了無奈卻很有高尚的意味。「上帝是公正的，他希望我忍受苦難，並且他知道我是無辜的。這就是我信心不滅的動力，我的心，我的理智告訴我，我沒有錯。」（《漫步之二》）

善言的盧梭是堅決的：「我的思想正處在前所未有的最穩定的境況中，躲在良心的保護傘下，漸漸習慣了安居的日子。外界的任何理論，舊的也罷，新的也罷，再也無法使之發生動搖，再也無法擾亂它的片刻安寧。」（《漫步之三》）

善言的盧梭是明哲的：在對謊言的問題進行了一番思考後，他說：「梭倫的那句名言的確適用於任何年紀。學會智慧、誠實、謙遜，學會不高估自己……是永遠不會嫌晚的。」（《漫步之四》）

善言的盧梭是純稚的：他會帶上一群人浩浩蕩蕩地將一窩兔子送到小島上去，為它們建立一個小小的殖民地，「風光可不亞於阿爾戈號船員的領隊」（《漫步之五》）。

善言的盧梭是坦然的：「無論他們再怎麼做都是徒勞，我對他們的反感永遠也不會發展為強烈的厭惡的。想到他們為了拴住我，自己也不得不處處受到我的牽制，我真是很可憐他們。」（《漫步之六》）

善言的盧梭是悠閒的：他將餘暇投入對植物學的愛好之中，「要將穆萊的〈植物界〉熟記在心，並且認遍世上所有的植物」（《漫步之七》）。

善言的盧梭是警醒的：「自尊對於驕傲的靈魂來說，是最大的動力；而自負，因為容易讓人產生幻覺，喬裝改扮一下，一不小心就會被誤認為是自尊……」（《漫步之八》）

善言的盧梭是溫良的：誰都無法不為他的種種作為而感動，他出錢讓寄宿學校的小女孩玩輪盤賭，會買下集市裡小姑娘的蘋果分給圍在一旁的薩瓦小夥子，會扶殘疾老軍人過河……（《漫步之九》）

最後，盧梭是多情的：一七七八年四月十二日，是他與華倫夫人相識五十周年的紀念日，只是這一篇漫步，這個「最出色的女人」似乎沒有再多的話好講了，終於成為永遠的遺憾。（《漫步之十》）

不錯，這裡的盧梭的確是真實的，他並沒有存心要辯解什麼，說明什麼。嚴格來講《一個孤獨漫步者的遐想》不能算是一部作品。在一七七八年五月二日，盧梭將《懺悔錄》以及《對話錄：盧梭論尚－雅克》的手稿交給他的遺囑執行人穆爾圖，考慮作為遺著發表，並沒有把他自己在《漫步之一》裡稱做「《懺悔錄》附章」的遐想錄包括進去。答案也是在這十篇漫步裡。但在上述的十點之外，很顯然，對於盧梭自己而言，這十篇漫步只是盧梭對自己的一個交代。他在嘗試著接受自己，接受自己的生活哲學，接受自己對突如其來的做人失敗的解釋。很難想像一個自己都接受不了自己的人，能在某一天為大眾所接受——這不可能不是盧梭的夢想，像他自己所說的「對孤寂生活抱有強烈的興味，甚而再也不想離開這種生活」，說到底，這不過是驕傲的嗟歎而已。

只是時間的安排，往往出現人不能自主的悲哀。盧梭當時對自己都未能交代清楚的一種心情，最終還是被印成了鉛字。他為了平復自己的焦灼，對自己說了又說的安寧、平靜、孤寂，也把後世的讀者往誤會裡帶。殊不知盧梭的筆下，這幾個詞都有著完全不同的意義。

我們沒有必要再在這裡複述「人文科學」的奠基人之一盧梭那悲傷動盪的一生，他耀眼的聲名和他最後遭到放逐的結局。十八世紀，到了今天再回頭去看，通常是要被指責為專制的年代。專制的必然結果就是衝突，衝突的方式也必然不一樣。在衝突時會有暫時的贏家和輸家，可事件過去了，留下的卻還是那麼幾個人類的基本問題：人為什麼要活？人應該怎樣活？人性本善還是人性本惡？等等。而在那個人們剛剛開始思考自己的時代，盧梭是免不了要痛苦的，這種痛苦，也絕不是通過自稱「重新找回了靈魂的安寧」就可以平息的。在《一個孤獨漫步者的遐想》裡，盧梭依舊是那個矛盾重重、猶疑不決的盧梭。其實，正是這種在跟自己對話時才更一覽無餘的矛盾，使得這時的盧梭更為真實，更為感人，更為親切一些。因為他是在試圖「了解自己而不是為了教育別人」，了解自己作為一個基本的人的根本所在。

矛盾至少有這麼幾個：

首先，是對待命運的態度，盧梭在《漫步之一》裡一再說他已「甘心於萬劫不復的命運」，說他「此後完全聽天由命了，這才得以重返安寧」。他努力說服自己，就像他自己在《漫步之五》裡用的暗喻，要做一葉小舟，在風平浪靜的日子裡隨波蕩漾，雖然「沒有什麼明確的目標，依我看卻比所謂人生最溫馨的樂趣還要好上幾百倍」。但是盧梭對命運絕對有著比今人還要透徹、精闢的理解：「當不幸的人們不知該將傷害歸咎何人時，他們就把它歸到命運的頭上，將命運擬人化，給命運添上雙眼和思想，這樣就好像是命運瞄準了他們似的。」盧梭真的甘心於這看不見、摸不著的被擬人化的命運嗎？不，一個有思想的人服從的只能是自己的思想，不論它是否成了什麼體系，為此他仍然熱衷於指責別人的哲學：「我見過許多人，他們研究的哲理遠比我的要精深，但他們的哲理可以說與他們的自身卻是不相關的。為了顯得比別人博識，他們研究宇宙的結構，就好像出於單純的好奇心去研究他們所撞見的某部機器一般。」——盧梭的整個哲學要旨便在這裡，他要研究的是人的哲學，而非機器的哲學，只是他不知道為什麼遭到擯棄的竟是前者，所以他也像他自己的分析一般，將之歸於命運。這是一種不甘的無奈。

其次，我們可以看看他自己所描述的安寧狀態。通常，提到《一個孤獨漫步者的遐想》，評論界總不會忽視《漫步之五》。這篇漫步是對聖皮埃爾小島上那段日子的回憶，是被公認的最優美的一篇漫步，很有中國古山水畫或田園詩的味道，給我們的是整個歸隱大自然的陶淵明的形象：「采菊東籬下，悠然見南山……」這便是盧梭所構造的安寧。但是盧梭在這裡，根本混淆了真正的安寧和他所臆想的安寧之間的界限：真正的安寧不是鳥囀鶯啼、山間落泉的環境，真正的安寧在我們的心中。一個宣稱「被自己感官牢牢控制的人」，一個「一旦某樣東西作用於感官，情感便無法不為之觸動」的人，是不可能真正拔除心中的不安寧因素的。而且我們的不安寧因素往往在於我們自己，在於我們對自己的懷疑與焦慮。正因為這樣，在《漫步之三》裡聲明「沒什麼好懺悔」的盧梭在《漫步之四》裡就被羅西埃神父的一行題詞所激發，就謊言這個問題展開了氣勢不凡的探討、懺悔和辯解。也正因為如此，堅信「隻身一人，沒有兄弟、朋友」甚至沒有「同類」的人竟會被人們喜慶的節日氣氛所感染，竟會因為一個老殘廢軍人對他的稍事親近而「孩子氣地放聲大哭起來」。從某種意義上說，這暴露了一個人最基本的矛盾，那就是對於周遭環境的一種類似於「雞肋」的態度：深深的厭倦和骨子裡的不能捨棄。正是這個緣故，人類是貪婪的，並且這種貪婪，不是貪自己沒有的東西，而是貪天天在見、天天擁有著卻不知珍惜的東西。

盧梭的這種矛盾態度同樣表現在他「餘生裡的愛好」上。早在一七七二年，盧梭因《愛彌兒》一書被迫流亡，他就認為自己要永遠放棄寫作的職業了，他宣稱要把精力集中在自己身上，要潛心研究自己。在《懺悔錄》裡，曾有這樣一段：「這個工作一拋開，有時候我對接著要幹些什麼就猶疑不決，而這一段無所事事的間歇時間可把我毀了，因為沒有外物佔據我的精力，我的思想就一個勁兒在我身上打轉。」可見，聽從自己內心喜好也不是件容易的事情。一個對生命具有無比感受力的人，一個有思想、有理論的人，如果不是個作家，就是一個瘋子。在《漫步之七》裡，盧梭以極為細膩的筆觸描寫了他對植物學的癡迷，但這種癡迷的真正動機是什麼呢？「我這也是在以自己的方式報復那些迫害我的人，我覺得對他們最為嚴酷的懲罰莫過於不予理會、自行其樂。」植物學和謄抄樂譜一樣，都是「外物」，是盧梭告誡自己必須放棄寫作的情況下必要的補充。人是會為這一類的幻覺所欺騙的，這也是自己的專心專意遭到嘲弄後的一種反應。遐想錄的存在，包括遐想錄以前的《懺悔錄》及《對話錄：盧梭論尚－雅克》的存在本身就證明了盧梭的不能割捨。

歸根結底，這些矛盾不是無來由的。這是一個清醒看見現實的殘酷（不幸往往能使人清醒過來）的人不能放棄自己夢想的註定結局。越來越能講，也越來越沉默——在自己構築的童話世界裡越來越能講，在深深震驚了自己的現實世界前越來越沉默。由此滋生出來的孤寂感更加需要情感的溫暖和撫慰。然而盧梭又是驕傲的，他驕傲地在世人與自己之間畫了一道醒目的白線，站在線的這一面看別人，看自己。他說，我不屑於讓人讚歎，但我這會兒要勝利。勝也沒意思，但敗是不可能的——這種悲涼，這種驕傲，原本是沒有時間、沒有國界可言的啊，它存於所有敏銳得幾近刻毒的靈魂之中。

每一個時代，都有它的局限，它的承受力。所以時代無可指責，它只是一個過程而已。盧梭在十八世紀幻想人只作為人而存在是超過了時代的承受力的，過了兩百年以後，人們漸漸想通了這個盧梭也只是模糊地感到而不敢確證的道理，盧梭就成了我們的先驅和哲人。

我們有的時候——只要是對生命持的好奇態度還沒有被太過具體的物質世界窒滅——也會拿出我們的所有勇敢來準備為捍衛夢想而進行一場現實搏擊戰，甚至準備好了自己在這場戰爭中一點一點地隕滅。但在這個世界裡，極度瘋狂或大徹大悟的人畢竟是少數，這就是這十篇漫步能讓我們如此「與我心有戚戚焉」的原因。也許矛盾的過程更為真實，而且，沒有答案的矛盾更具有人性一些。《一個孤獨漫步者的遐想》的成功之處就在於它反過來證明了人類無法超越自己的同類，無法超越他們的影響，證明了這種人文色彩極濃的「孤寂」是不存在的。

不僅如此，還有更為重要的一點，那就是想要永遠放棄文學的盧梭卻不意創下了一種新的文學類型，這就是今人曾談論不休的散文詩。誠如雅克．瓦贊在一九六四年佛拉瑪里翁（Flammarion）版的序言裡所指出的：至少應該說盧梭在古典哲學思考（例如笛卡兒的《沉思錄》）與拉馬丁的詩情流露之間駕起了一座橋樑（拉馬丁也有題名為《沉思錄》的作品）。

如果說《一個孤獨漫步者的遐想》裡的盧梭是一個全新的盧梭，並不是新在他誇張的「極致的安寧」上，而是作為一位詩人、一位散文家的盧梭。才從中世紀極度的黑暗與愚昧裡走出來，十八世紀的文學尚未完全擺脫實證邏輯的枯燥，否則就有不科學、不客觀的嫌疑。然而因為這是一部不是作品的作品，作者就少有這樣的約束。「一個孤獨漫步者的遐想」——名字的本身就是一聲美麗的嗟歎，為後世的「世紀病」奠下了基石。

世紀的蒼涼多少出於詩人的唯美傾向，從鬥爭到唯美有一個過渡，這個過渡就是由盧梭開始著手進行下去的。盧梭突然從鬥爭中撤出身來，雖然多少是無奈的，卻也是新鮮的。然而他又沒有一味地頹敗下去，這的確是夾縫裡的分寸了。

因此盧梭在十篇漫步裡，用的都是模糊而不確定的字眼：孤獨、寧靜、安寧……甚而連同那些色彩極為昏暗的：陰謀、詭計、陷阱……也少有具體的成分在裡面。一切都用來營造一份在黑暗裡悽楚求索的悲哀。有似一首蒼涼的曲子，本身也許有精確的數值，怎樣的一個拍子，怎樣的一個音階，全是作曲者的構作，然後這樣的構作只是為了一種感覺：快樂的或是淒涼的，然後再還原到聽眾的感覺裡。

說到這裡，才發現為《一個孤獨漫步者的遐想》做一篇導讀幾乎是不可能的事情。可已經說了這麼多，難以自棄，權作序。

這個譯本根據法國新聞出版社一九九一年版插圖本《一個孤獨漫步者的遐想》譯出，注釋為譯者所加，並參考原書部分注釋。

目錄

漫步之一

Première Promenade

我就這樣在這世上落得孤單一人，再也沒有兄弟、鄰人、朋友，沒有任何人可以往來。人類最親善、最深情的一個啊，竟然遭到大家一致的擯棄。人們著實是恨透了我，尋找最殘酷的法子來折磨我這顆多愁善感的心，並且粗暴地截斷了我同他們之間的一切聯繫。儘管如此，我原本還是愛著他們的。我以為除非他們已經不是人，不然總不會回避拒絕我的這份愛的。而現在他們終於與我形同陌路、毫不相關，對我而言不再有任何意義，他們要的也就是這個結果。但是我，和他們以及和這周遭脫了一切干係的我，我自己又成了什麼呢？這就是還有待我去探尋的。不幸的是，在探尋這個問題之前，必須先來看我的處境。只有這樣，我才能從談他們轉而談我自己。

十五年多了，我一直陷在這種奇怪的處境裡，至今想來仍似一場噩夢。我總在想，也許是受著消化不良症的折磨，或是被夢魘纏住了，而我就會從夢中醒來，不再為這痛苦所糾纏，與朋友們重修舊緣。是的，也許我早在不經意時就從清醒墜入了昏睡，更確切地說是從生踏向死。不知怎麼的，我就已被甩出事物的正常軌道，眼睜睜地看著自己被擲入一團難以明瞭的混亂之中，什麼也看不見。而我愈是努力想弄清我目前的境況，我就愈是不能明白自己身處何處。

唉，我那時又怎可預知等待著我的命運呢？如今我已身陷其中，更加不能看得透徹了。我一直是這麼個人，過去如此，現在亦然，我那時又怎能以我的常理推想到竟會有這麼一天，我居然被認定為是一個魔鬼、一個獨夫、一個凶手，會為整個人類所不齒，會成為那些流氓惡棍的玩物呢？我又怎能料到我將得到路人皆唾的禮遇，怎能料到一代人都會以活埋我為樂呢？然而這場變故就這麼猝不及防地來了，起初我的反應只有深深的震驚。我煩躁，我憤怒，這使我沉湎於一種譫妄之中達十餘年之久，幾難平復。而在這十年間，我又一錯再錯，一誤再誤，蠢事一樁連著一樁。我的不慎自然為那些操縱著我的命運的人提供了太多可乘之機，他們巧妙利用，終於使我的命運再也無可逆轉。

我拚命掙扎了那麼久，卻無濟於事。我是如此沒有心機，不懂得鬥爭的藝術，也不曉得要藏而不露、小心謹慎什麼的。我坦白直率，不加設防，性子又急，脾氣又躁，我的這番掙扎只能使命運之鍊愈縛愈緊，只能給他們不停地提供新的把柄，他們是絕對不會放過的。最後我才明白過來所有的努力都是白費，只是徒然增添自己的痛苦而已。於是我只剩下一件事可做了，我終於決定服從命運的安排，再不與這定數相抗了。卻正是這份順從，為我帶來了長期以來那艱辛而無用的反抗所無法帶來的安寧，使我的一切苦痛得到了補償。

我能回復安寧還有另外一個原因。這可得歸功於迫害我的那些人，他們只知道咬牙切齒地恨我，極度的仇恨卻讓他們忘記了一點，那就是該不斷地給我新的打擊，層層加碼好讓我永遠處於這新創舊痕裡。如果他們懂得耍點小計，給我留一線隱約的生機，他們至今還能把我釘在這根痛苦之柱上。他們只需布下小小的圈套，我依然還能被他們玩弄於股掌之間。等待，失望，隨之而來是更深的傷痛。然而他們事先就使完了所有的招數，不曾留給我一點餘地，他們自己亦就一無所有了。他們施加在我身上的所有誹謗、欺侮、嘲弄和羞辱，當然不能指望他們有所緩解，可他們也很難有所加強。我們同樣的無能為力，我是躲不過去，而他們恐怕也無法令我的境況更糟一點了。他們如此迫不及待地把我推入痛苦的淵底，即使竭盡人間之力，再加上地獄裡種種可怕手段，亦不過如此吧。然而肉體上的傷痛非但不能增添我的苦難，反倒會使我暫且忘記精神上的傷痛。也許它會使我高聲尖叫，卻免去了我輾轉呻吟，身體上的創痕由此便暫時平息了心靈上的創痕。

既然一切已成定局，我還有什麼好怕的呢？我的境況再也壞不到哪裡去了，我也就不再對他們有所畏懼。他們無法再令我感到焦慮和惶恐，這對我來說倒不啻是個安慰。現世的痛苦對我是無足輕重的，輕易就能熬得過去，而憂懼未來的那種滋味，我卻無法耐住。我會運用我那份驚人的想像力把那還不曾來到的苦難串聯起來，反復掂量，再加以誇張和擴大。等待痛苦遠比經受痛苦要難受百倍，威脅也遠比打擊本身可怕得多。而一旦苦難來臨，事實便排除了一切可供想像的水分，只剩下它們原本的那點內容。我真的覺得它們比我想像中的要輕多了，甚至令我感覺到的不是一種痛苦而是一種解脫。就這樣，我今後不會再害怕了，也不再焦灼地期待些什麼了，有的只是久而久之的一種習慣，這足以使我對我那再也壞不到哪裡去的境遇愈來愈具承受力，隨著感情在這場經歷中的日趨麻木，他們沒有辦法再弄得我有所反應了。那些迫害我的人啊，使出渾身的勁兒來恨我，倒不意給我帶來了這樣的好處。他們再也左右不了我了，今後我反倒可以嘲笑他們呢。

兩個月前我還未曾完全平靜下來。是的，很久以來我早已無所畏懼，可我仍然還有所希望，正是這線時隱時現的希望令我依舊思緒萬千、激動不已。但是一齣突如其來的悲劇徹底地抹去了這線原本就很微弱的希望，使我終於甘心於我這萬劫不復的命運。此後我是完全地聽天由命了，這才得以重返安寧。

自從我隱約預感到這場陰謀的空前規模後，我就不再指望公眾會在我有生之年回到我這一邊來，換言之，即便他們回心轉意，也無法建立起我們之間的相互信任，而且也沒有多大用處。真的，縱使他們回來也是枉然，因為他們再也找不回我了。他們只能令我鄙視，與他們交往只會令我感到索然無味，甚至對我來說是個負擔，因而我寧願在孤寂中討生活，我覺得這比與他們生活在一起要幸福百倍。他們徹底毀了我心中對社交生活曾持有的一份脈脈柔情，而在我這把年紀恐怕是再也無法培植出來了，實在太遲了。從今往後，不論他們再對我做些什麼，好事或壞事，我都無所謂，而不論我的這些同代人做什麼，他們對我而言已毫無意義。

但是我還曾經對未來抱有幻想，我曾希望能有較為優秀的一代人，具有較好的鑒別力，能夠重新評價我以及這一代人對我的所作所為，能夠不為那些頤指氣使的人的陰謀詭計所左右，以我原本的面目來看待我。正是出於這種希望，我寫下了《對話錄》，並作出千萬種瘋狂愚蠢的嘗試，意欲使《對話錄》留傳後世。這份希望，雖則渺茫地存於未來，卻如當年在今世尋一顆公正之心那般，令我心潮起伏。而我的希望又一次白白扔給了將來，它一樣使我淪為今人的笑料。我曾在《對話錄》中提及我這份期待是建立在什麼上的。但我錯了。幸而我還算及時地發現了這個錯誤，從而也就能在最後的日子裡得到絕對的安寧和永久的休憩。這些好日子就從我現在所說的這一刻開始，而我有理由相信，它再也不會被打斷了。

是在不久以前我才轉過彎來，指望公眾能回心轉意是多麼大的一個錯誤，即便是指望下一代也不可能。因為我曾想公眾對我的看法，總受到那些憎恨我的團體中的核心人物所引導，而那些人物是要不斷更換的。但我不曾想過個人固然會死，團體卻不會滅亡。相同的感情會隨著團體的不滅而永世相承，他們那仇恨的烈火，會如同中了邪般不息地、熱烈地熊熊燃燒。即便我的那些敵人一個個撒手歸西了，這世上總還有神父，總還有奧拉托利天主教會的會員。而哪怕那些迫害我的林林總總中僅剩下了這兩個團體，我也該明白他們絕不會在我死後讓我瞑目安息，正如他們從未在生前給過我安寧一樣。也許，隨著時間的推移，那些我真正冒犯過的神父倒有可能息事寧人了，但是我曾愛過、尊敬過、信任過、從來未敢冒犯的奧拉托利天主教會的會員們，那些過著半僧侶生活的教徒們卻永遠不會善罷甘休。是他們自己那種極度的不公正定了我的罪，於是他們礙於面子就永遠不能原諒我，他們倒是留心到把公眾也煽動起來，攏到自己一邊，這樣公眾就會和他們一樣對我的仇恨永不停息。

世間的一切對我來說都結束了。再也沒有任何事會令我好或令我痛。在這世上我無所希冀、無所畏懼，如此我竟在痛苦的深淵盡頭得到了安寧，我這樣一個可憐而不幸的凡夫俗子，居然像上帝一般超然於世。

從今往後一切身外之物都與我完完全全脫離了關係。在這世上，我不再有鄰人、同類、兄弟。這世界恰似一個完全陌生的星球，我只是不慎從自己的居處跌落至此。我想即使我在這周圍認出些什麼，也只能是些令我心碎、令我斷魂的東西。看看我親身所在的這周遭吧，除了讓我蔑視，讓我憤恨的那些東西，除了讓我痛不欲生的那些舊恨新愁，還有些什麼呢？！太沉重了，真該離得遠一點。我的心，否則又只是徒增傷痛而已。我的餘生，我知道只能在自己身上找到慰藉、希望和安寧，所以我只關注我自己。正是在這種狀況下，我重又讀起以往我稱之為《懺悔錄》式的那種嚴厲而真誠的內省。我將把我最後的這些日子用來研究我自己，預先準備一份日後我總要完成的彙報。我將整個地投入與我自己的靈魂那甜蜜溫馨的交談之中，我的靈魂是他們惟一無法從我身上奪走的東西。如果我能在這番內省中稍稍理清我的思緒，並將殘留其中的痛苦撫平，我的沉思就不至於是完全沒有一丁點兒用處的，儘管我在世上猶如一個廢物，但我也還算是沒有虛度最後的光陰。我每日所作的消閒的散步常常就浸淫在這種醉人的沉思裡，但可惜的是我已經不大記得起來了。我將記下尚想得起來的那些，我想每次我重讀它們的時候會很快樂的。我將忘卻我的一切苦難，忘卻那些迫害我的人，忘記我的恥辱，而只去享受我的心靈早就應得的一份褒獎。

這些文字實際上只是某種不成形的遐想日記，大多是在談論有關我自己的問題——一個孤獨的沉思者總是考慮自己更多些。另外所有那些在我散步時閃過我腦海的怪念頭也將在這本日記裡佔有一席之地。我想到了什麼就說些什麼，都是自然流露，少有那種前因後果的聯繫。但是在這奇特的處境中，每每我對平素我心賴以為生的感情與思想多一份了解，也就會對自己的天性與脾氣多一份明白。這些文字因此也可以被看做是《懺悔錄》的附章，但我不想再給它們這樣的名字了，因為我覺得自己無可懺悔。我的心靈正是在歷經苦難時得到了淨化，我仔細審視過，發現再也找不到什麼可供指責的地方了。既然一切人類之愛已被他們摧殘得蕩然無存，我還有什麼好懺悔呢？我是沒什麼好炫耀的，也沒什麼可被指責的。今後我在這人群裡會彷彿根本不存在一樣，這就是我所能做的一切，和他們沒有任何實際聯繫，沒有真正意義上的社會交往。既然每次我想做點好事，可到頭來總會變成壞事，既然做到後來不是害人便是害己，我惟一的責任就是保持緘默，並且盡我所能恪守這份職責。儘管我的這副軀殼已開始懈怠，我的心靈卻依舊充滿活力，依舊要產生感情和思想；儘管所有世俗的興味已不復存在，內心世界的精神生活卻更加豐富了。現在，對我而言，這副軀殼只能是一種拖累、一種妨礙，我將盡力擺脫它。

這樣一種奇特的境遇當然是值得研究、值得描繪的，於是我把最後的餘暇全部注入了這項研究。為了做成它，也許該講點秩序和方法，但我做不到，這樣一來也會違背我的初衷，我原意只是想弄明白我心靈的變動以及這些變動的來龍去脈。我對於自己的這番研究工作在某些方面頗似物理學家每天觀察大氣狀況的過程。我會用一支靈魂測壓計，當然只要好好安排，堅持不懈，我一定也會有物理學家們那樣精確的收穫。不過，我還沒把事情做到那種程度上。我只是滿足於記錄下這些過程，絲毫無意要從中闡明某種理論。我所做的與蒙田做的是一樣的事，只是目的完全相反。他的《隨想集》完全是寫給別人看的，而我的遐想錄則完全是寫給我自己的。有一天我老得不能再老了，真的是垂死之時，如果我能如同自己所希望的那樣仍然身處孤寂之中，再回過頭去讀它們，我會想起我在撰寫它們的時候所得到的那份溫馨的感覺。舊夢重溫，時光重現，由此等於將我的生命延長了一倍。儘管別人對我心存惡意，我依然能品味到交往的樂趣，因為這樣一來我便能在耄耋之年與舊我相守一處，這不正如同和一個稍微年輕些的朋友在一道嗎？

我在寫《懺悔錄》和《對話錄》時，總是憂慮如何使它們逃脫那些迫害我的人的毒手，如果可能，使之留傳後世。然而在寫這篇遐想錄時，我不再擔這樣折磨人的心思了。這種擔心，我知道不過是杞人憂天而已，而且我心中想要被別人理解的願望早就熄滅了，只留下對命運、對我那些真正的作品以及我那些可以還我清白的證據的深深冷漠，更何況也許證據早就被他們毀了。隨他們去窺視好了，隨他們怎麼對待我這部分的文字：不安、搶奪、查封、刪除，對我來說以後都是一碼事。反正我既不把它們藏著掖著，也不打算拿出來發表。就算他們在我活著的時候把它們搶走了，他們也無法搶走我在撰寫它們時的那份快樂，無法抹去我對這些內容的回憶，更無法奪去生就這些遐想的孤獨中的沉思，它們的源泉也只能隨著我心一道枯竭。如果早在劫難之初我就懂得不要去與命運對抗的道理，就作出今天的這番決定，那麼那些人煞費苦心所經營的陰謀詭計就會毫無效用，他們就無法用那些個陷阱來擾亂我的安寧，正如同日後他們即便陰謀得逞、得意揚揚也不會對我有一絲觸動。就讓他們為我所蒙受的羞辱去肆意快樂吧，反正他們無法阻止我為自己的清白、為自己能無視他們並在平和中度過餘生而歡樂。

漫步之二

Seconde Promenade

於是我計畫把我這顆心平素的狀態描繪出來。這顆心正處在任何一個普通人都不會遭遇到的最奇異的境地裡，我覺得完成此舉最簡單、最保險的辦法莫過於將那些孤獨一人的漫步以及漫步時充盈心間的種種遐想作一個忠實的記錄。那會兒我的腦袋整個兒放開了，思想也無遮無攔地一瀉千里。一天之中，只有在這孤獨沉思的時刻，我才是完全意義上的我，才完全屬於我自己，沒有牽掛，不受妨礙，真正可以說是天性使然了。

不久我就感到這項計畫開始得實在太晚。我的想像力已經不那麼活躍了，不再像昔日那樣受它感興趣的主題激發得妙趣橫生，沉迷於狂熱之中了。而今後即便是想像力的產物，亦是創造的少了，有的只是對以往漸趨淡忘的種種的重視。一種溫和的倦怠感制約了我的所有才能，在我身上智慧的靈光已漸漸熄滅，我的靈魂再也難以衝破它的那層舊殼，根本不指望還有權利嚮往某種佳境，我只能靠回憶活著。因此為了在遲暮前好好想自己，必須上溯幾年，就是在那個時候我失去了人世間的一切希望，這塵世裡再也別無他物可以拿來填補我心，漸漸地，我就習慣了用我心自身去餵養我心，從自身尋找它的精神食糧。

這個源泉，我發現得真是太遲了，幸而它是如此豐富，不久就足以彌補一切損失。我習慣了心安為家，終於幾乎忘卻了所有的苦難，不再覺得痛了。就這樣我才親身體會到幸福的真正源泉就在我們自身，別人的所作所為又怎能真讓懂得追求幸福的人身處慘境呢。這四、五年以來，我就經常品嘗到這種內心的快樂，這種愛意綿綿、溫情脈脈的心靈在沉思默想中所能尋見的快樂。有時我在這樣的獨自散步中領略到一種欣喜若狂、心醉神迷的滋味，這還真是迫害我的那些人贈予我的享受，如果沒有他們，我永遠也無法在自己身上發現這座寶礦。而身處如此豐富的財源之間，我又如何才能作一個忠實的記錄呢？為了憶起這些甜美的遐想，我沒能把它們描繪下來，反而再一次重墜夢中。這種境況是回憶帶來的，如果不是全身心地去感知，就立即變得不解其味了。

這種重墜夢境的效果，我在計畫續寫《懺悔錄》後的散步中有所體會，尤其是我下面就要談及的一次散步。在那次散步中，一起猝不及防的事故打斷了我的思緒，一時間又把它引往另一個方向去了。

一七七六年十月二十日，星期四，午飯後我沿著林蔭道一直走到綠徑街[1]，上了梅尼蒙丹山岡，再從那兒走小路穿過葡萄園和綠草坪，到了夏羅納鎮。一路欣賞著兩村之間的秀麗景色，然後我拐了個彎，好從另一條路再穿過同一片草地回去。我很樂於流連其中，怡人的風光總能激起我類似的歡欣與興味。時不時地我會停下來，目不轉睛地觀賞生長在這片青翠蔥蘢間的植物。我發現了兩種在巴黎城區附近極少看到的植物，在那個鎮上卻非常茂盛。一種是複葉科的地膽草，還有一種是傘形科的柴胡。我久久沉醉在這一大發現的喜悅與快樂之中，直至我又發現了一種更為罕見的，尤其是在地勢偏高的地區更為少見的植物，那就是水生卷耳。儘管當天發生了那起事故，我後來還是在隨身帶著的那本書裡找到了它，放進了我的標本集。

我又仔細觀賞另外好幾種植物，它們還開著花，我熟知它們的科目，對它們的模樣及歸類倒是很感興趣，不過最後我還是漸漸離開了這過分細微的觀察，好全心體味整片景色給我帶來的同樣很愉快、甚而是更加動人的感受。就在幾天前已經結束了葡萄收摘，城裡的漫遊者也不再光顧，農民一直要到冬作才會重新回到田間。鄉間依然是一片翠綠怡人的景象，只是有些地方開始凋零了，幾乎是光禿禿的，呈現一幅冬日將近的寂寞狀態。這一切給人一種既柔和又悲涼的感覺，實在與我這年齡、我這命運太相似了，由不得我不動情。我這無辜而不幸的生命眼見走向遲暮了，可我依舊還有顆感情豐富的心啊，甚至還開著幾朵小花，只是已因憂傷而凋落，因煩惱而衰敗了。孤單單被遺棄了的我，感到了初霜的寒冷，而我那日益枯竭的想像，亦無法再按自己的心願來設計什麼人可以充填我的孤寂。我就這樣歎著氣對自己說：我在這世上都做過些什麼呢？我是為著生活而被造就的，卻在尚未經歷生活時已經要死了。至少這不是我的錯，而我將給我的造物主帶去的奉禮，即便不是那些無從完成的善舉，亦是些落了空的善意，是一無用處卻很聖潔的感情，是歷經了人們冷眼後的耐性。想到這裡，我的心也就柔緩下來了，我將我的靈魂所罹受的一切變動作了一番回顧：從年少時代到成熟的歲月，從我被隔離出社交圈到這段即將了結餘生的長長的隱居日子。我滿懷欣悅地回憶起我心曾有的一切愛意，回憶起如此溫存卻又如此盲目地眷戀，回憶起這幾年來我心賴以為生的種種思想，那已是寬慰多於憂傷了。我想要盡力回憶起這一切，好以與當時沉浸其間差不多同樣程度的那份快樂來描述它們。一個下午，我就在這種祥和的沉思中度過，而正當我歡歡喜喜結束了這一天要轉回家中時，一樁事

1 在巴黎東北方，在舊聖安尼門後面。

情卻將我從遐想深處拽了出來，這就是我接下來要講述的。

約莫六點鐘吧，我從梅尼蒙丹山上下來，差不多正對著「風流園丁」餐館的時候，走在我前面的人群一下子就散開了，接著我看見一隻粗壯的丹麥狗在一輛馬車前撒開四蹄衝著我直撲而來，發現我時牠根本沒有時間停下，或是繞開。我那時想惟一不被狗撞翻在地的辦法也許就是高高一躍，而且必須算準讓狗恰好在我身體騰空時打下面竄過。這念頭來得比閃電還快，我既無時間去推理亦無法付諸實施，事故便發生了，這成了事故之前我的最後一個想法。一直到我蘇醒過來，我還絲毫沒感覺被撞了，也沒意識到自己跌倒在地，更不知隨後所發生的一切。

等我恢復知覺，天已經黑了。三、四個年輕人扶著我，他們向我講述剛才的那一幕。那隻根本無法減速的丹麥狗朝我的雙腿直衝過來，速度如此之快，牠碩壯的身子把我撞翻在地，我是腦袋向前倒下的，頦支撐了我整個重量，磕在高低不平的石子路上，而且那裡剛好是下坡，腦袋比腳要低，因此跌得更重了。

要不是馬車夫立時勒住馬，馬車隨即就要跟上來從我身上輾過去了。這就是我從後來扶起我、在我醒過來時仍然抱著我的那些人口中所得知的一切。我在蘇醒的那一瞬確實處於一種極為奇異的狀態。在這裡我可非得把它描述一下了。

夜色漸濃。我瞥見了天空，幾點星光，還有一抹翠綠。這最初的感受真是妙不可言。我也只是從這一刻才覺出自己的存在。在這一刻我開始體味到生命了，彷彿覺得在所看見的一切裡都充盈著自身那微弱的存在。我就全身心地浸淫在那一刻的美妙感覺裡，什麼也想不起來，對我的個人狀況一無所知，也完全沒意識到剛才遭遇到的事情。我不曉得自己是誰，又是在哪裡，既沒感到疼痛，也沒感到害怕不安。我看著自己的血流下來，就好像在看著小溪流水，壓根兒沒去想這畢竟是自己的血。我整個兒沉醉在一種心曠神怡的寧靜感覺裡，日後我每每憶起那一刻，卻還覺得那是一種聞所未聞、從未經歷過的歡樂。

別人問我住在哪兒，我那時侯真的沒法說出來。我就問這裡是哪裡，人們回答我說是在高界街，我聽了倒覺得是在北非的亞特拉斯山一樣。得接著問下去：國家、城市、城區。就這樣也沒能讓我想起自己的身分，我是從那裡一直走回林蔭大道後才回憶起自己的住所和姓名的。有位我不認識的先生好心地陪我走了一段，他聽說我住得那麼遠，建議我在聖殿騎士團寺院附近雇一輛馬車回家。但我走得挺好、挺輕巧的，既沒覺得痛也沒覺出自己受傷了，儘管我咯了許多血。我只是冷得直打寒戰，剛才磕壞的牙齒令人心煩地咯咯打戰。到了聖殿騎士團寺院，我倒覺得自己行走並無大礙，與其冒著被凍死的危險坐馬車，還不如這樣一直走回去好。從寺院到普拉特耶大街，我就這樣走了半里路，一路上都好好的，像平素身體狀況良好時一樣，避開障礙物和車輛，選擇著將我的路程繼續下去。我回到家，打開朝向街面那扇門裡的暗簧，在黑暗中摸上了樓，終於跨進家門，再也沒出過別的事。而一直到那時刻我還沒有反應過來自己曾被撞倒過，以及撞倒後又發生了些什麼。

我妻子看見我時發出的尖叫使我醒悟過來，我的情況遠比自己想像中要糟糕得多。又過了一夜，我還是沒怎麼覺得疼。直到第二天我才發現、才感覺到這一切。上嘴唇裡面豁了個大口，一直到鼻子，幸好外面還有層皮包著才沒有完全裂成兩半；上齶裡嵌進四顆牙齒，連那邊臉都腫起來了，烏紫烏紫的；右手的大拇指扭傷了，腫得老高，左手大拇指也嚴重受傷，左胳膊擰了，還有左膝蓋腫著，嚴重的挫傷疼得我根本無法彎曲。然而儘管被撞成這樣，居然沒有一處碎掉的，連牙齒也沒跌碎一顆，在這種情況中著實算是奇蹟般的幸運了。

這便是有關這起事故最真實的一切。然而不出幾天這則故事便在巴黎城中傳開了，並且被篡改得面目全非。其實我早就應該料到這番歪曲的，只是居然被添進了這麼多怪誕的細節，還有這麼多閃爍其詞、吞吞吐吐的怪話，他人向我談及時又總帶著那麼一副神祕兮兮的表情，這些謎團讓我覺得分外不安。我一直恨透了這種含混不清的東西，這許多年來我一直被圍困其中，絲毫未曾得到緩解，它們讓我有一種條件反射般的恐懼。在當時所有的奇聞怪事中，我只提一件，不過也讓人足以想見其他的事了。

我從未與警察署少將勒努瓦先生有過任何往來，那天他卻派了他的副官來探聽我的消息，懇請我接受他的某些建議，而這些建議在我看來對我的康復根本無法起多大的作用。他的副官不停地督促我盡快採納這些建議，還說如果我不相信他，可以直接寫信給勒努瓦先生。這份殷勤，還有夾雜其間的那種神祕勁兒，都教我相信這一切後面真是藏著某種隱情，我無法探知的某種隱情。那次事故和接之而來的高燒原本就讓我處在一種惶恐不安的狀態裡，再加上這些事，實在令我驚恐不已。我千般猜測，焦灼而驚惶，我對周圍正發生的一切萬般思量，這不該是一個對一切都無所謂的人的冷靜態度，而更像是那種高燒引起的譫妄吧。

還有一件事終於使我徹徹底底地失去原有的平靜。有一位奧穆瓦夫人幾年以來一直不停地來找我，我也猜不出為什麼。她頻繁來訪，看上去沒什麼明確意圖，還帶來一些令人不安的小禮物，這都表明這一切後面有著什麼不可告人的目的，只是沒有向我表露而已。她曾與我談及她要寫一本小說獻給皇后，我於是跟她說了我對女作家的看法。她告訴我她寫這本書是為了重新恢復產業，為此她必須得到庇護，我對此可沒什麼好說的。她對我說由於她一直無法接近皇后，她決定將小說公開發表。她並沒有徵詢我的意見，我當然也無須向她建議些什麼，再說，就算我說了，她也不會聽的。她曾提出先把手稿給我看看，我請求她別這樣做，她就沒再採取別的什麼行動。

有一天，那還是在我養病期間，我接到了她讓人送來的這本書，已經印好了，甚至裝訂完畢，我這才看到序言裡她把我如此這般地吹捧一番，語言粗劣、矯揉造作，令我十分不快。這明顯生硬的諂媚不會懷有什麼好意，在這點上我從來不會弄錯的。

幾天以後，奧穆瓦夫人帶她女兒一道來看我。她告訴我由於書中的一條注釋，此書煞是轟動。當時我還只是很快流覽了一下這本小說，卻沒有注意到這條注釋，奧穆瓦夫人走後，我才重新讀了注解，然後審度了整個事態的發展過程。我想我終於明白她不斷造訪，奉承我，以及在序言裡大事吹噓我的動機了。據我判斷，她的意圖必定在於使公眾相信這條注釋乃是出自我手，在這種情況下，這條注釋所有可能招致的指責亦就不會被歸在原書作者頭上，而是悉數歸我了。

我對此毫無辦法，也不能消除這事造成的影響，我所能做的就是不再繼續忍受奧穆瓦夫人及其女兒對我的公開而無用的造訪。下面就是我為此寫給奧穆瓦夫人的那紙便條：

本人不在家中會見任何作家，在此謹謝奧穆瓦夫人的好意，懇請勿再屈尊探訪。

她覆了一封信給我，表面上還算客氣，然而與類似情況下人們寫給我的信差不多，骨子裡的味兒全變了。我是粗暴地在她這顆敏感細膩的心上戳了一刀啦。就她信裡的語氣來看，我真該相信她的確對我懷有強烈真摯的情誼，這種了結簡直會讓她痛不欲生。是這樣的，在這世上倘若對所有事情都那麼坦白，那就是極為可怕的罪過，就因為我不像我的同代人一樣虛偽奸詐，我在他們眼裡便是可厭的、殘酷的。

我已經出了好幾趟門，甚至經常到杜樂利宮附近散步，看見好些撞見我的人都是不勝驚異的樣子，我就猜到一定還有什麼我不知道的傳聞。最後我終於得知大家都在議論我被撞死了，這謠言傳得真快，而且十分肯定，以至於就在我自己打聽到的半個月後，連國王和王后都把它當做一樁事實來談。據留心給我寫信的人講，《阿維尼翁郵報》早已宣布了此一好消息，並不失時機地以悼詞形式預言在我死後，人們奉獻給我聲名的祭禮將是侮辱和謾罵。

除此之外還有一件更離奇的事，我也是偶然間聽到的，無從得知其中的任何細節。就是人們同時還出示了一份書契，要將在我家中找到的書稿交付印刷。我由此明白了，他們特意偽撰了一部文稿，只等我一死就把它加在我的頭上，我還不算是個糊塗鬼，早就不指望他們會真正將我的某部原稿拿去忠實付印。十五年的經驗了，我根本不會有這樣愚蠢的想法。

這一樁連一樁的事情還沒告完結，又會有其餘的接踵而來，都夠讓人驚詫莫名的，它們再次驚醒了我原以為已日趨無奇的想像力。這些人不知懈怠地在我身邊愈描愈濃的黑影，又重新引發了我本能般的恐懼之感。我厭倦於再去費心思量，或是盡力弄明白這些對我而言早已無法解釋的神祕之事。這些謎團促使我作了惟一一個不可更改的決定，那就是對我先前所做的諸項結論的確認。要知道我個人的命運以及我的聲名早已被這代人一致論定，再也無從轉變，我無論作什麼樣的努力都是白搭。我遺留下來的東西，不經過那些致力抹殺我真跡的手，又怎麼可能傳得到後世去。

但這一次我想得更遠了。一連串的不測事件，那些最兇殘的敵人由於所謂命運眷顧卻在平步青雲，所有那些執掌國家大權的人，那些引導公眾輿論的人，那些身居要位的人，那些得以從諸多對我懷有某種無法言明的敵意的人中被精心挑選出來的、信譽卓然的人，所有的人為了共同的陰謀聯合一致，這種協調實在是太不可思議了，絕非出於偶然。只要有一個人拒絕參與同謀，只要有一樁事情是與其背道而馳的，只要有一點不測阻礙了陰謀的實施，就可能會是完全的失敗。然而所有一切，意願、天數、命運以及一系列的變故卻只是加固了人類這項工程，而如此牢不可破的合作，好像神話一般，我不能不認為是早就寫好在不朽的神諭之上的，是註定要徹底成功的。仔細回顧這一切，過去和現在的事實都向我證實了一點，原先我不過將之視做人類的惡跡，現在看來也應視做人的理性所無法理解的天意中的一部分了。

這種想法，不僅遠未讓我覺得殘忍和痛苦，反倒安慰了我，讓我平靜下來，幫助我聽從命運的安排。我並不像聖奧古斯丁[2]那樣高尚，認為如果是上帝的意願，被處死也是心甘情願的。我的這份順從的初衷也許不這麼大公無私，這是真的，但卻與他的想法同樣純潔，而且依我看，更無愧於我所欽佩的那種完美的大寫的人。上帝是公正的，他希望我忍受苦難，並且他知道我是無辜的。這就是我信心不滅的動力，我的心，我的理性告訴我，我沒有錯。就讓那些人、讓命運去折騰吧，要學會無怨無悔地承受。所有一切終是要回到正常軌道上的，我也遲早會有這麼一天。

2　聖奧古斯丁：西元四世紀神學家、哲學家、倫理學家，主要著作有《懺悔錄》、《上帝之城》等。

漫步之三

Troisième Promenade

「我日漸衰老而學習不輟。」

這是梭倫[3]在晚年反復吟誦的一句詩。從某種意義而言，我晚年也是可以這麼說的。然而二十年來所經歷的一切卻教給我一個十分可悲的道理：也許無知倒更可取。逆境無疑是位好老師，但這位老師收取的學費著實太高了。我們從中得到的通常不及我們為此所付出的。況且往往我們尚未從這姍姍來遲的教訓裡學到些什麼時，運用的機會就早已錯過。青年是修習才智的時候，而晚年則是實踐的時候。經驗總是給人以教益，我不否認這一點，然而只有在餘日尚存時，才會起作用。難道我們還有必要在垂死之時去學習如何生活嗎？

唉！我歷經苦難才掌握這門學問，才對命運以及造就我命運的人的感情有所認識，可這對我來說還有什麼用處呢？我是學會了更好地認識人類，但這只能使我對他們澆鑄在我身上的悲慘命運更為敏感；我是學會了看清他們布下的所有陷阱，但這不能使我得以避開其中任何一個。為什麼不讓我繼續懷有那微弱但卻溫暖的信任呢？這麼多年以來，這份信任使我淪為我那些喧嘩一時的朋友們的獵物和玩偶，而處在他們的種種陰謀之中，我竟未產生過一絲疑雲！是的，我是上了他們的當，受了他們的騙，可我總想自己是被他們愛著的，我的心陶醉在自己這份由此而生的友情裡，以為他們也對我懷有同樣的一份。但這些甜蜜的幻覺都破碎了。時光與理智所揭示的這個悲涼的事實真相令我痛苦不堪，我從中看到的只是我那無可挽回的命運，於是只有順從這一安排。就這樣，我在這個年紀所獲取的這些經驗，對我而言既無補於眼前，亦無益於將來。

我們自來到這世上之日起便猶如進了賽馬場，一直要到死時，才能夠脫身。而已然抵達賽馬場的終點，再學成功駕馭馬車的技巧究竟又有什麼用呢？那時惟一有待考慮的，就是如何走出這賽馬場。如果說一個老人仍需學點什麼的話，則他惟一要學的就是怎樣去死。這恰恰是在我這個年齡的人想得最少的，除此之外倒似乎什麼都想到了。所有的老人都比孩子更吝惜生命，與年輕人相比，往往是他們更不願捨棄生命。這是因為他們所有的辛苦都是衝著生命本身去的，而臨近生命

3　梭倫：西元前六世紀雅典執政官。

的終極他們卻發現是白辛苦了一場。他們的掛慮、他們所有的財產、他們所有那些經過多少辛勤勞作的不眠之夜才得到的成果，在離去之時都得拋諸腦後。他們從未想到過要留取些什麼在死時帶走。

我還算是及時悟出了這一切。倘若說我沒有好好利用這番思考的結晶，這並不是因為已為時過晚，或者說我還沒來得及好好消化。從童年時代起，我就置身於社會渦流之中，我早就親身體會到自己並不適合在這個社會裡生存，知道自己永遠也不能達到我心渴盼的那種境界。我那熱烈的想像，放棄了在這人間尋覓我早就覺得無法找到的幸福，躍過我剛剛開始的生命，彷彿是飛往一個全新的境地一般，在一種我得以安居下來的寧靜狀態裡休憩。

這種想法，源自童年所受的教育，之後又在我整個多舛的一生中，為一連串的苦難與不幸所增強，這就使得我把全部時間都用來研究我自身的天性與用途，並且以任何人都未曾有過的興味與仔細。我見過許多人，他們研究的哲理遠比我的要精深，但他們的哲理可以說與他們自己都是不相關的。為了顯得比別人博學，他們研究宇宙的結構，就好像出於單純的好奇心去研究他們所撞見的某部機器一般。他們研究人性，只是為了在談話時可以洋洋灑灑、頭頭是道，而不是為著了解自己。他們為教育別人而工作，卻不是為了使自身受到啟發。他們當中有不少人只是想寫一本書，只要能出版，隨便什麼樣的書都行。而他們的書一旦寫成然後發行，書中的內容對他們來說便無關緊要了，除非是要使旁人接受或在遭到攻擊時藉以自衛，剩下的事他們自是不管，反正不是為了自己有所獲益，只要不被駁斥，內容的真偽也沒多大關係。但是對我而言，當我渴望學些什麼時，我只是為了了解自己而不是為了教育別人。我一直以為在教育別人以前，首先應當做的便是為自身去探求知識。我一生在人群之中所盡力完成的學業，幾乎沒有一樣是不能夠拿到我預備了此殘生的荒島上去獨自研究的。我們應該做的，除了本能的需求以外，很大程度上是取決於我們信仰什麼，我們的信念就是衡量我們行動的尺度。我恪守這一原則，因此我經常、持久地尋找生命真諦，以便用以指導我的一生。而當我察覺到不該在這樣的世界裡找尋這個真諦時，我很快就不再為自己處世的無能而苦惱了。

我出生在一個道德高尚、信仰虔誠的家庭裡，又在一位智慧超群、篤信宗教的牧師那裡長大。從幼年開始我就接受了別人稱之為偏見的種種信條與準則，並且從未真正將之丟棄過。還是個孩子時，沉浸在自己世界裡的我，為愛撫所吸引，為虛榮所誘惑，為憧憬所蒙蔽，迫不得已地入了天主教。但我後來一直是個基督教徒，並且很快出於習慣，我真心誠意地戀上了新教。華倫夫人[4]的教誨和她自身的榜樣更加深了我的迷戀之情。我的青春花季在鄉間的清寂裡度過，那時候我全心投入地讀了不少好書，這一切都使我更傾向於一種深情摯意的態度，使我漸漸成為費內隆[5]那一類的虔信之士。隱居生活裡的沉思，對自然本性的研究，對宇宙萬物的思索，使得一個生性孤獨的人馬不停蹄地衝著造物主奔去，帶著一種既柔和又熱切的心情去研究他所目睹的一切真諦以及他所感受到的一切的起因。而當我日後終被命運拋至塵世的急流之中時，就再也找不到一點兒東西能讓我的心得到哪怕是片刻歡愉了。我總是無法放下對往日種種快樂的追惜，這使得我對周圍那些所謂能帶來功名利祿的一切只是淡漠和厭惡。我也不知道自己那麼急切地在找尋什麼，我希求的並不多，得到的卻更少，即便是在瞥見那一抹成功的微光時，我還只是覺得就算我得到了認為是自己正在尋找的一切，我依然不會得到內心渴盼的那種不甚明瞭的幸福。就這樣，一切的一切都早已讓我不再對這世界懷有什麼感情，而隨之而來的那些災難更讓我完全與之脫離關係。一直到四十歲，我就在這貧困與富有、理智與無常之間搖擺不定，雖然心中實在沒有一點作惡的傾向，卻已形成滿身的惡習。我沒有理性原則地誤打誤撞，總是不盡本職，但我並不是出於蔑視，而是因為對自己應該做的事不太清楚。

自年輕時候起，我就把四十歲當做一個界限，在此之前我努力工作以期達到目標，並且懷有各種理想追求。一旦到了四十歲，不論處在怎樣一種狀況裡，我都決定只順其自然地度過餘生，不再為擺脫什麼而掙扎，也不再擔憂未來。時機一到，我就順順當當地執行起這項計畫，雖然在那時候我的命運似乎還應以某種更為鞏固的方式定下來，我還是絲毫不覺遺憾地放棄了這份掛慮，並由衷地感到一種真正的快樂。從這一切陷阱、這一切徒然的希望中脫身出來，我一心一意地過起一種漫不經心的生活，使我的精神得到充分休息，而這才是我最大的興趣和最持久的愛好。我遠離這塵世以及它種種強有力的誘惑，擯棄一切贅飾，佩劍、手錶、白色長襪、包金飾物、漂亮的髮型。我只是頂一團假髮，著一身床單般的寬袍。

4 從十六歲盧梭第一次拜訪華倫夫人，到二十九歲隻身前往巴黎闖蕩，十三年間盧梭幾乎都在華倫夫人的身邊度過，華倫夫人可說是盧梭的母親、姊姊、朋友、老師、保護人、情人等等，盧梭曾說：「我把自己看作是她的作品。」

5 費內隆（1651–1715）：法國高級教士及作家，崇尚寂靜主義，為當時的路易十四所不容。

更妙的是，我從心裡根除了貪婪與垂涎，就是這種欲望將我擯棄的那一切襯托得極為珍貴。我放棄了那時所占的職位[6]，因為我根本無法勝任。我開始謄抄樂譜，按頁取酬，許久以來我都對這種職業懷有莫大的興趣。

我的改革絕不僅限於外表。我感到改革本身所要求的就是一種更為艱巨的，但也是更為迫切的革新，那就是觀念的革新。我下定決心要一次便見徹底，我著手於嚴格審查我的內心，在餘生把它校準到生命終結時所需的那種狀態。

我內心剛剛經歷過一場巨大的變革，另一個道德世界在我眼前展開，我始覺人們那些怪誕的成見有多麼荒謬。不過那時候，還沒料到日後我幾次三番就成了這些成見的犧牲品呢。我也厭倦了那如煙雲般飄至我處的文壇浮名，我知道自己需要的是另一種財富，我更希望我的餘生可以走一條比過去的大半生更為可靠的道路……所有這一切都迫使我作一個深刻回顧，並且我早就感到有此必要了。我就是這樣開始了內省，為了好好地完成，只要是取決於我的，我都不會忽略。

就是從那時候起，我徹底放棄了這塵世間的一切，對孤寂生活抱有強烈的興味，甚而再也不想離開這種生活。我從事的工作只可以在絕對的遁世狀態中進行，它所需要的那種平和持久的冥思，恰是社會的喧囂所不許可的。這就強迫我在某段時間內採取另外一種生活方式。不久我就覺得這種方式真是好極了，雖然稍後不得不中斷過一會兒，可是一有可能我就立即全身心地重新投入這種生活，再無雜念。後來人們迫使我生活在孤獨之中，把我隔離出人群，以為這樣就能使我陷於悲慘境地，我反而覺得他們是成就了一樁以我一個人的力量無法成就的好事了。

有感於這項工作的重要性，出於我的需要，我一心一意地沉迷進去了，雖然在開始時我還不曾完全投入。那時我與幾位現代哲學家[7]生活在一起，他們與古代哲學家真是有著天壤之別。他們不是要消除我心中的疑團，使我不再徬徨猶疑，而是要動搖我對自認為是必須了解的一切觀念的執著，因為他們是狂熱的無神論的衛道士，是專橫的教條主義者，他們無法容忍別人在任何一點上與他們存有歧義，他們會因此憤恨不已。我討厭吵架，也不會吵架，所以通常我沒有為自己辯

6 一七五二年至一七五三年，盧梭在法國財務主管弗蘭格耶·杜邦處任祕書兼出納。

7 專指狄德羅、達朗拜爾、格里姆等人。

解的能力，但我從來沒有採納過他們那些令人不悅的觀點。我對那些令人難以忍受的人的反抗——他們自然是有自己的看法的——不失為他們仇恨我的一個重要原因。

他們從未說服過我，但他們令我感到不安過。他們的那些論據的確從來沒有戰勝我，但卻攪亂了我的思維。我一下子根本找不出什麼有力的回擊，雖然我覺得回擊應該是有的。與其承認自己犯了錯誤，倒不如說是愚蠢更恰當些，因為我的心對他們有本能的反擊，只是理不清罷了。

我終於對自己說：難道我就永遠聽憑自己在這些能言善道之人的詭辯中搖擺不定嗎？而我甚至還無法確證他們大肆宣揚、熱衷於讓別人接受的那些觀念是否是他們自己的看法？他們的感情支配著他們的理論，他們總是懷著莫大的興趣讓別人相信這個或那個，這種感情、這種興趣真讓人懷疑他們自己到底相信些什麼。難道我們能在政黨領袖們的身上發現什麼誠意嗎？他們的哲學是為別人的，而我需要的是屬於自己的哲學。現在正是時候，我的餘生還需要某種確定的準則，就讓我盡一切努力來找尋吧。我已臻成熟，理解力也還強，但我已接近遲暮。如果我再等下去，我會在思考時無法集中精力，我的才智就會失去活力，我現在盡力做好的事情，到那時候就可能沒法做得這麼好了。還是好好抓住這有利時機吧，這既是我外表的物質變革的好時候，更是我內心的精神變革的好時候。讓我一勞永逸地確定我的觀念、我的原則，讓我在餘生裡成為我深思熟慮後認為自己該成為的那一種人。

這項計畫幾經周折、進展緩慢，然而我盡一切可能全力以赴、專心致志。我有一種強烈感覺，我餘生的安寧和我整個命運就取決於此了。起初我好像置身迷宮一般，有那麼多的阻撓、困難、異議、曲折和陰影，我曾多少次想要通盤皆棄，不再作徒勞的探索，按照那種常人共有的謹慎法則去思考問題，不再尋找雖屬於自己但根本弄不明白的原則。但是這種謹慎法則對我而言卻是如此陌生，我一點也沒有遵循它的欲望，拿它來指導我的生活就彷彿是隻身穿越暴風雨中的大海，沒有舵，也沒有指南針，只有一盞無法觸及、不能把我帶向任何港灣的信號燈。

我堅持下來了，生平第一次鼓足了勇氣，也正是憑著這股勇氣，我得以在那時已開始圍困我、而我還未曾有分毫察覺的厄運中挺過來。在做了任何一個常人都無法做到的極為狂熱、極為誠摯的探索之後，我決定了這一生裡對我來說非常重要的一切觀點。如果說也許到頭來還是要出錯的話，至少我敢肯定我的錯誤不該被看做是罪過，因為我一直竭盡全力使自己避免犯下任何罪過。我並不懷疑，真的，我不懷疑童年時代積存下的偏見以及我心中暗暗的期許，會使天平傾向於能讓自己得到安慰的一邊。我們很難不信仰自己如此熱烈地嚮往著的東西，而又有誰會懷疑大部分人，他們希望什麼，或害怕什麼，還要慮及來世的評判，是接受，還是擯棄？這一切都有可能使我在評判時發生偏差。這我承認，但這絕不至於使我的誠意變質，因為在任何事情上我都不願欺騙自己。而如果一切都歸於一個如何利用一生的問題的話，我當然很有必要弄清楚，以便乘為時不算太晚之際，對取決於自己的這一部分善意加以利用，使自己還不至於完全淪為別人的獵物。但是我覺得這世上最可怕的事情，便是為了享受在我看來是沒有多大價值的所謂的人世幸福，而將自己的命運永久地置於危險之中。

我承認，對於那些我們的哲學家嘮叨了不知多少遍的、也是一直在困擾著我的困難，我並不是總能完滿地加以解決。但是，我既然選定了超出人類智慧範圍的這些問題來思考，儘管到處都是無法解釋的疑團和無法應對的責難，我也並沒有在我無能解決的責難面前停下。我在每一個問題上採取在自己看來是完全確定、本身就極為可信的觀點，那些責難自會有其對立思想體系中同樣強勁的異議去批駁。只有江湖騙子才會在這些問題上採取武斷的態度。最重要的是要有自己的觀點，並且憑藉我們成熟的判斷去選擇。如果儘管如此我們還是犯了錯，我們完全沒有理由為此受到懲罰，因為我們不再負有任何責任了。這一無法動搖的原則便是使我能安下心來的根本基礎。

我這番辛苦探索的結果，與我在《薩瓦助理司鐸的信仰自白》[8]一書中所記載的大致相仿。這本書也遭到了當今這代人卑鄙的踐踏與褻瀆。但只要正義與善良還有再生的一天，它一定會在這人世間引起一場變革的。

從那時起，我在自己經長期深思熟慮所採納的原則中靜下心來，這些原則已成為我在行動與信仰上不可動搖的準則。我再也不去操心那些我無力解決、也無法

8《薩瓦助理司鐸的信仰自白》一七六二年被歸入《愛彌兒》一書中發表，遭到巴黎天主教派與日內瓦喀爾文教派的查禁。盧梭在該書中宣揚了與狄德羅等人的無神論觀點完全相異的宗教立場。

預料、時不時地在我腦中翻新的責難了。有時我也還會為之不安，但思想再也不會被震亂了。我總是對自己說，所有這些責難不過是些玄妙的遁詞與詭辯，相對於我那經過理智裁定、內心校準、無一例外地帶有情緒穩定時心中默許了的印記的基本原則來說，根本算不得什麼。在這些超乎人類理解力之外的問題上，難道僅僅一個我不能應對的責難，就可以把這整套如此穩固、如此久經思量、謹慎蹴就，如此與我的理性、我的精神乃至我整個人相吻合的理論體系推翻嗎？而這個理論體系，竟是得到了我內心在別的任何問題上從未贊許的？不，我發現在我的永恆天性與這世界的構成之間、與支配這世界的自然秩序之間存在著一種契合，這絕不是枉費心機的某種論斷就能夠破壞的。我便在與之相應的精神秩序裡找到了支撐自己度過生活中種種罹難的依靠，而這個精神秩序也正是我長期探索的結果呢。如果換了另外的一種，我會根本無以為生，會在絕望中死去。我將是芸芸眾生裡最不幸的一個。就讓我堅持這個足以使我得到幸福的惟一體系，而不受命運的擺布，不受旁人的干擾。

這番思考以及我從中得出的這個結論，難道不是授意於天嗎？是老天要我對即將降臨的命運有所準備，讓我挺過去。而如果我不曾有這個棲身之所藉以躲避那些殘酷無情的迫害者，我所蒙受的一切恥辱依然無可補償，我還一直處在絕望之中，以為再也得不到理應歸我的公正了，我就只能眼睜睜看著自己一頭紮進這世界上任何一個常人都不會遭遇到的命運裡，餘生也被迫在這恐怖的氛圍裡惶惶不安地度過。如果這樣，我早就成了什麼樣子啊，又還會變成什麼樣子啊？無辜的我曾經那麼安靜，以為自己受到世人的尊敬與歡迎。當我正敞開心扉、滿腹信任地向我的朋友與兄弟吐露衷腸時，我竟遭到了背叛，他們早已默不作聲地布下了在地獄深處鍛造的羅網！我對這最難以預料的不幸深感震驚，這對於一個驕傲的靈魂來說是多麼可怕啊！我身陷污濁之中，卻不知是誰害了我，又是為什麼。在恥辱的深淵裡，到處都只是陰森、兇險的東西，要不就是可怖的斑斑黑影。起初我真是驚痛得說不出話來，而如果我不是事先就具有從失敗中重新站起來的力量的話，我就再也無法從這難以預料的不幸打擊中恢復過來了。

開始幾年我還是在煩躁不安中度過的，之後我才清醒過來，回到自我中，才發覺以前自己為逆境積備下的力量是多麼可貴。對於必須進行判斷的事情，我早已有所決定，把我先前的準則與我現世的處境作了一番比較之後，我發現頭幾年我是把人們那種偏執的評判以及短暫一生中的樁樁小事看得過重了。其實人這一生，不過是一連串的考驗而已，考驗是這種或那種類型的，這並不重要，只要能起到註定的效果就行了。因此，考驗愈是嚴峻、愈是沉重、愈是頻繁，也就愈有利於成功地鍛造人經受逆境的能力。所有一切最深痛的折磨，對於一個能從中發現巨大而可靠的補償的人來說，也就失去了它們所有的威力，而對這份補償的肯定正是我從先前的種種沉思中得出的最主要的成果。

是真的，那時候我覺得自己要被四面八方湧來的無數欺侮與無限凌辱壓垮了，焦灼不安、疑慮重重的感覺時不時要使我的希望破滅、安寧不再。我以前就無法應對的種種有力的責難，也在我不堪命運重荷之時再度提出，給予我重重一擊，我又差不多要深陷絕望之中了。我的腦袋被那些前赴後繼、不斷翻新的論據折騰著。啊！我心痛欲裂，於是問自己：如果在這如此痛苦的命途上，我的理智帶給我的慰藉原不過是些幻想，究竟還有什麼可以使我避免墜入絕望的深淵呢？而如果我的理智竟又破壞了它自己的傑作，把所有它曾給予我的支撐我渡過逆境的希望與信心統統推翻？而在這世上僅僅能哄騙我一個人的幻想又算是什麼支柱呢？整整這一代人都認為我獨自賴以生存的這些觀念全是些錯誤和偏見，真理和事實是在與我的理論截然相反的體系裡的。他們甚至不相信我採納這些觀念是出自誠善之意，而心甘情願投身其中的我，也覺得碰到了難以克服的困難，雖然不會令我就此放手，卻也著實解決不了。如此說來，我也許是芸芸眾生裡惟一的智者、惟一的賢明？難道只需這世上萬物適合於我，我就可以相信它們原本就是這個樣子了嗎？難道我真可以持有這樣的信心，儘管在別人眼裡是如此不可靠，並且倘若我的心不能支持我的理性，對我而言它也是那麼虛空？難道對待迫害我的那些人，採用他們的處世方法，以其人之道還治其人之身不比我固守自己這虛幻的一套，徒受他們折磨卻不作任何反擊更好嗎？我自以為聰明，而我不過是別人的玩物，是虛妄錯誤的犧牲與陪葬而已。

多少次，就在這重重疑慮與動搖中，我幾乎又要身陷絕望！只要我在這種狀況裡待上一個月，那麼我這一生，連同我這個人就徹底完蛋了。幸而這些危急時刻，在過去那幾年固然頻繁了些，卻總不會為期太長。現在雖然還不能說我已完全從中解脫，但已十分罕見，簡直是一閃而過，根本無力再擾亂我的安寧了。這種無法觸動我心的微慮有如一片羽毛飄落在河中，哪裡會使河流的方向發生什麼改變呢？我曾感到對我以前決定下來的那些觀點產生質疑也許能給我以新的啟迪、一種更成熟的判斷，或者說一種對真理更加執著的追求，而這些是我在當初的探索中不曾有的。但上述任何一種都不是、也不可能是我的情況，我有什麼站得住腳的理由，非讓自己接受那些在我幾乎被絕望壓垮時徒增困苦的觀點，而去拒絕那些在精力充沛之年、智力成熟之際，經過嚴格審查，在真正教我懂得真理的生活的幽靜時期所醞釀起來的見解呢？而今我是滿心悲痛、憂苦重重，想像力受了驚，腦袋也被困擾著我的種種可怕的神祕攪亂了，我的才智日漸衰退，在惶惶不安的歲月裡幾乎喪失它們所有的活力。我憑什麼要摒棄我早先積備下來的能量？憑什麼要拋棄能補償我不應當蒙受的一切苦難、依然活力充沛的理性於不顧，反倒相信起不公平地陷我於不幸的那種理性？不，現今的我絕不比決定下這些觀點時的我更智慧、更明哲、更誠摯，雖然那時我還不曾想過如今困擾我的這些難題。但是這些難題並不就能真正困住我，再說就是再有無法預料的新難題出現，也不過是些狡猾玄虛的詭辯而已，又怎能使在所有時代，為所有智者、所有民族接受的、被鐫刻於心永遠也抹不去的永恆真理發生動搖呢？在思考這些問題時，我明白過來，人類的理解力畢竟是有限度的，當然無法全面掌握所有的真理。我只該顧及在我可及範圍內的這一些，對於超出範圍的也就不需追究了。過去我採用的就是這個方法，非常合理，我在我的心和我的理智一致的贊同中堅持下來。今天有這麼多強有力的理由讓我繼續這個方法，我又憑什麼要放棄呢？我放棄了又會有什麼好處呢？我假如學會了迫害我的那些人的理論，接下去就是要學他們的道德觀了吧？他們的道德觀，不是無緣無故的只列在書上大談特談，或搬弄到舞臺上炫目的鬧劇裡的那一套，就是另外一套祕而不宣的殘酷的道德觀，內行拿去作內心指導，成為他們的行動準則，又正好巧妙地用來對付我，對旁人而言卻不過是個面具。這樣的道德觀，純粹是攻擊型的，只能用來尋釁滋事，對自我防衛可起不到一丁點兒作用。我已經淪落到這種境地了，這種道德觀對我而言還能有什麼意義呢？我的清白便是我在諸多苦痛中的惟一支柱，如果我擯棄了惟一的這個強大的力量源泉，真不知道還會有多麼不幸呢。在害人的本領上，我如何又能趕上他們，換句話說，即便有所成就，給他們造成了傷害，又如何能減緩自己的痛苦呢。我什麼也不會得到，只是徒然喪失自尊而已。

就這樣，在和自己進行了一番論證之後，我終於不再動搖自己的原則了，任那些哄人的論據、無法應對的責難以及早已超出了我的範圍、甚至超出了人類思想範圍的難題去作祟。我的思想正處在前所未有的最穩定的境況中，躲在良心的保護傘下，漸漸習慣了安居的日子。外界的任何理論，舊的也罷，新的也罷，再也無法使之發生動搖，再也無法擾亂它的片刻安寧。我開始衰退遲鈍，已經忘了我的信仰與準則是建立在什麼樣的推理上的，但我永遠也不會忘記我從中得出的結論，那是得到我的良心、我的理智認可的，從今以後我會永遠堅持下來。讓那些哲學家們來橫加指責好了，他們不過在浪費時間、浪費精力。在餘生裡，任何一件事情我都會堅持當初正確選擇時就拿定了的主張。

就是在這樣安定的情緒裡，我找到了在當前境況下所需的希望與慰藉，感到無比快慰。當然，在如此徹底、如此持久、如此自憐自艾的孤寂中，整整一代人又總是對我懷有一種強烈敏銳的仇恨，不停地凌辱我，想要壓垮我，我還是會不時陷入沮喪之中。希望再次面臨幻滅，那種令人洩氣的猶疑也要來擾亂我，令我的心悲哀不已。那時我不可能再思考什麼讓自己平靜下來，我需要的便是回顧過去的抉擇。我下定決心時的那種縝密、專心、誠摯的樣子重新浮現在記憶中，讓我再度樹立起信心。如此我擯棄了所有的新觀念，那些只會是致命的錯誤，外表浮華些罷了，只會擾亂我的安寧。

我就這樣局限於原有的知識裡，不像梭倫那樣幸運，可以日漸衰老而學習不輟。甚至我還得竭力避免那種危險的虛榮心，貪求我無法好好理解的一些事物。但如果說我已不再希望得到什麼有用知識的話，修習必要的德行對我而言卻還相當重要。現在正是用某種日後帶得走的東西以豐富和充實心靈的時候，到那時候，它從阻礙它的肉體中解脫出來，看見了未經掩飾的真理，它會感歎我們這些虛偽的學者們所看重的這些知識是多麼可悲。而耐性、溫柔、順從、正直、不偏不倚的公正，都是我們帶得走的財富，我們可以拿來不斷地充實自己而不必擔憂死亡會使其喪失價值。我晚年的所有時光都將投入到這惟一一項必要的研究裡去。如果通過自身的努力，即便不能在生命終結時顯得比生命伊始時更優秀——因為這是不可能的——至少該在德行方面更加完備一些。

漫步之四

Quatrième Promenade

在如今我還偶爾一讀的幾本書裡，普魯塔克[9]的那部作品最為我喜愛，且令我受益最多。這是我童年時代閱讀的第一部作品，也將是我晚年閱讀的最後一本書。普魯塔克幾乎算是惟一一位讓我每讀必有所獲的作家。前天，我在他論述倫理問題的著作裡看到了這樣一篇：《如何得益於敵人》。也就是在同一天，我整理作者們親自寄來的一些小冊子時，突然瞥見了羅西埃[10]神父的一篇日記，在標題下他寫道：「獻給獻身於真理的人[11]——羅西埃」。對於這些先生的伎倆，我真是太熟悉不過了，絕對不至於在這種事情上被糊弄。我很清楚這些看似彬彬有禮的言辭實際上說的都是殘忍的反話，可是他憑什麼這樣說呢？這諷刺到底源出何處？我究竟有什麼把柄給他們抓住了？為了充分利用普魯塔克這位好老師教授我的知識，我決定第二天漫步時就謊言這個問題好好反省一下，並且我去散步時仍然堅持著一個想法：要照德爾斐神廟中那句「要有自知之明」[12]的格言去做，還真不像我在寫《懺悔錄》時想的那麼容易。

第二天，走在路上，我便將這項計畫付諸實施。當我開始沉思時，第一個掠過腦海的還是年少時那個可怕的謊言[13]，我的一生都被這件事困擾著，一直到晚年，它依然使我這顆已為此飽受折磨的心內疚不已。就謊言本身來說，這個罪過已經夠大了，更何況我對它造成的影響一無所知，只是因著內疚竭盡想像而賦予它最殘忍的結果，於是就更是一樁重罪了。但是，如果追究我撒謊時的心態，這個謊言的確只是出於羞怯之情，絕沒有一點點要損毀受害者的意圖。我敢對天發誓，即便是在我的謊言被無法克服的羞愧感逼得脫口而出的那一瞬，如果可以由自己獨立承擔這個謊言的結果，我會不惜以生命的代價來換取的。這是一種我根本解釋不清楚的譫妄，我想，也只能這麼說，在那一瞬，害羞的天性戰勝了心中的一切意願。

這個不幸事件深深銘刻在我的記憶之中，隨之留下的是綿綿的悔恨之情。從此我

9 Plutarque（約西元46–120年），古希臘傳記作家，這裡指的是他著的《名人傳》。

10 Rozier，植物學家、記者，曾與盧梭一道採集植物標本。

11 原文為拉丁文，影射盧梭在《山間信箚》的卷首題詞：獻身於真理。

12 銘刻於阿波羅神廟三角楣牆上的蘇格拉底派格言。

13 參見《懺悔錄》第二章，指盧梭誣陷女僕瑪麗永一事。

對謊言感到由衷的恐懼，因而在以後的日子裡也就能夠避免再犯。我選定這句座右銘時，的確認為自己是配得上的，而當我讀到羅西埃神父這句題詞，開始對自己進行極為嚴格的審查時，我依然不懷疑自己當之無愧。

然而，一番仔細的自我剖析之後，令我極為驚異的是，我想起有很多事情，我把它們當做真的來講，而實際上都是自己編出來的，並且在那時候，我還當真為自己對真理的摯愛而自豪呢。我覺得自己用一種在這世上無人能及的公正為真理犧牲了安全、利益，乃至我整個人。

尤其讓我吃驚的是，當我回憶起這些編造出來的事情時，我居然沒有一絲悔意。我一向憎惡虛假，但是此時我的心平衡得很，什麼感覺也沒有，即便謊言可使自己免遭酷刑，我也會舍謊言而取酷刑的。那麼，究竟是出於何種怪誕的邏輯，我竟毫無必要、毫無好處可言地像這樣輕鬆愉快地撒起謊來呢？究竟又是出於何種難以理喻的矛盾，我竟不覺一絲悔意？而我，還是一個被某樁謊事不停地折磨了近五十年的人啊。我從來不會對自己的錯誤視若無睹，道德本能一直約束著我的行動，我的良心也正直如初，就算良心有時會屈從於利益的需要，那麼又是為什麼，當一個人為激情所役使，至少可以拿軟弱做藉口時，良心卻會不失公道，倒是在一些無關緊要的小事上，在找不到一點理由來寬宥自己時失去正義了呢？我發現，在謊言這點上，能否正確評判自己，正是取決於這個問題的答案。在潛心思索之後，我總算能對自己有所解釋了。

記得我讀過一本哲學書，上面說，撒謊就是掩蓋了我們應當揭示的真相。這條定義意味著如果這是個不必澄清的真相，沒說出來也就算不得撒謊。但是倘若在相同情況下，一個人不僅沒有說出事實真相，反而把真相反過來說，那麼他是撒了謊，還是沒撒謊呢？根據定義，恐怕不能說他是在撒謊，因為這就等於他並不欠人錢，卻把一枚假幣給了別人，無疑他是耍了這個人，但他並不曾欺詐這個人。

這裡需要考慮兩個問題，或此或彼都是很重要的。頭一個，就是在何時、何種境況下別人有權知曉真相，因為並非隨時隨地都有此必要。第二個，就是是否存在這樣的情況，我們能夠進行無罪的欺騙。關於第二個問題，答案已經十分明確，我知道，書裡都作了否定的回答，儘管書的作者們對那種嚴厲、苛刻的道德從未加以理會，而社會卻作了肯定的回答，因為社會向來把書上的那種道德倫理視做不可實現的空談。讓這些權威去自相矛盾吧，我要用自己的原則，為自己解答這些問題。

普遍的、抽象的真理是一切財富中最可珍視的。沒有真理，人就像瞎子一樣，真理是理性的眼睛。正是通過真理，人才學會做人，做該做的人，做該做的事，人才學會向萬物的真諦邁進。而特別的、個人擁有的真理卻並非總是好的，有時甚至還有害於人，更多時候它則沒有什麼大礙。人所必須了解的，與之幸福攸關的事也許為數不多，然而畢竟多少都是人應得的一份財富，不論他在何處找到這份財富，他都有權要求得到，倘若別人侵佔了，就是犯下了最不道義的詐騙罪，因為雖然說出來後這成了所有人公有的財富，憑什麼奉獻出這份財富的人要被剝奪擁有權呢？

至於那些既無教益亦不具實踐意義的真理都算不上是一種財富，又如何能將之視做對別人欠下的債呢？而且，財產總是要有所用，才可稱之為財產，如果毫無用處，又何謂財產？哪怕是塊不毛之地，我們也理所當然有權要求，因為至少這樣我們可以安居於此地。然而一樁無關緊要的事實，在任何人看來都是那麼無足輕重，更不會對任何人產生什麼影響，則無論這是一樁怎樣的事實，真也罷，假也罷，都無所謂得很。我們總不會欠別人一樣毫無用處的東西，而如果真欠了別人什麼，則必須是有用的，或能派上用場的。如此推斷，必須揭示的真理只能是有關正義的。如果將「真理」一詞用於徒然無益的事物，那簡直就是對這個神聖名詞的褻瀆，因為那些事物的存在對任何人而言都不具有多大價值，根本無須有所了解。真理若是不具任何用途，哪怕是某種潛在的用途，就不會成為對別人非說不可的事，因此也就是說對此未加披露或加以歪曲算不得是撒謊。

但是，是否存在這種真的毫無結果、且從任何角度看都一無用處的真理呢？這是另一個有待討論的議題，我們回頭再談。至於現在，還是讓我們來看看第二個問題。

不講出真相與撒謊當然是兩碼事，但引起的結果可能是一樣的，因為只要造不成什麼影響，這樣的結果自然不會有多大區別。真相是無關緊要的，則與之相違的謬誤也就是無關緊要的，亦即說在相同情況下，把真話反過來說，騙人並不比保持緘默要來得不道義，因為這都是些無用的真話，在這上面犯錯誤不會比一無所知更糟糕。我為什麼要知道大海深處的沙是白色的，還是紅色的呢？對我而言，這與我不知道沙的顏色是一回事，根本無所謂。在無損於別人的情況下，又如何能說不道義呢？不道義，是就傷害到別人而言的。

但是，這些問題雖然看上去簡簡單單就解決了，真要付諸實踐，似乎還不太保險，並且要拿來應付隨時隨地可能出現的各種情況，做到準確無誤，也還澄清得不夠徹底。如果說，是否該講明真理取決於這真理是否有用，那麼我該如何驗證真理的用途呢？往往於一個人有利，就會於另一個人有害，個人利益更幾乎總是與公眾利益相衝突的。在諸如此類的情況中，我們應當如何處理？犧牲不在場的人的利益而遷就我們面對的那一方的利益嗎？應當閉嘴不談、還是說出有利於此卻有害於彼的真理？難道說該把所有砝碼都加到公眾利益一邊，我們該不該說應在衡量各人所應配給的公正後再作決定？可我又怎麼能保證自己對事物間的所有關係有足夠的了解，由此按照平衡法則分配我的所知所言？另外，在仔細衡量了對別人應付的一切以後，我是否也好好衡量了對自己所虧欠的，以及對真理本身所虧欠的一切呢？如果說我沒有欺騙別人，沒有犯下任何損害別人的錯誤，隨之而來的問題便是有沒有對自己犯下錯誤，並且這是否足以說明自己的清白，說明自己從未有過任何一點不公正呢？

要想從這如此令人困惑的爭論中脫身倒也是件容易的事，只要我們對自己說：無論發生什麼事，讓我們堅持真理。公正本身是存在於事實真相之中的，倘若我們將並不存在的東西作為行動與信仰的標準，謊言總是極不公道的，而所謂錯誤即是進行了欺騙。無論真相會帶來什麼樣的結果，只要我們不曾添加自己的東西，說出來便無須承擔什麼罪責。

但如此了結問題，問題還是沒有得到解決。這裡我們要討論的不是永遠堅持講真話好不好，而是在於我們是否在任何時候都有必要說出來，並且根據我對那條定義的考察——在上述問題上那條定義已作出否定的回答——將兩類情況加以區別：一類是必須揭示真相的，另一類則是可說可不說、甚至有所歪曲也不算撒謊的。後一類情況我真覺得絕對是存在的。於是，現在所要做的便是尋找一條確定的準則來認識這兩類情況並有所界定。

但如何得出這條準則，又如何確保它準確無誤呢？在解決所有類似的極為困難的道德問題時，我總是聽憑良知的指導，而不是受理性的啟發，我一直非常滿意這種方法。道德天性從來不會欺騙我，它純潔如初，完全可以得到我的信賴，即便說它有時會在我激情洶湧下保持緘默而不再對我的行為有所約束，在回憶往事時它卻始終左右著我的情感。也許正是基於這點，我可以說此番自我審視的嚴格程度，絕不會低於來世裡的最高審判。

想要通過言辭產生的效果來評判人們的言辭，往往會不盡如人意。因為一來這種效果並不總是易於為人感觸或了解，二來它會由於言辭所處的場合不同而發生無窮變化。只有通過考察發表言辭的動機才可以對言辭有所評判，才可以決定其善或惡的程度。未講真話只有在試圖欺騙時才叫做撒謊，甚至有時雖有意行騙，卻不是為了害人，目的還會恰恰相反呢。但這並不等於說只要不抱有明確的損人意圖，謊言就是無辜的了，還必須保證，不論這是個怎麼樣的謬誤，都不應當對被牽連進來的人乃至對任何人構成傷害，很難也很少有這樣的保證。因而從這個意義上來說，很難也很少有完全無辜的謊言。為了自己的私利撒謊是一種欺詐，為了別人的利益撒謊同樣也是一種欺詐，而以損人為目的撒謊該叫做惡意中傷，這是謊言裡最壞的一種。倘若既非損人損己，亦不利人利己，就稱不上是撒謊，這只是虛構，而不是謊言。

有些虛構是帶有某種道德目的的倫理故事或寓言，因為它們的目的只是，或者說只能是用感性的、悅人的形式把真相包裝一下。所以在類似情況下，我們沒有必要掩飾不過是真理外衣的謊言，並且只為故事本身而說故事的人無論如何也算不得是在撒謊。

還有一些虛構純粹只是遊戲，正如大多數故事小說並不含有什麼教益，只是用來消遣一樣。這些不帶有任何道德功用的虛構，便只能通過編造者的意圖來檢驗，如果編造者用極其肯定的態度把它們當做真正的事實來散布，也許我們的確無法否認這叫做謊言。然而又有誰會真正顧忌這種謊言呢？又有誰真正為此嚴厲指責過謊言的編造者呢？舉個例子，如果說《尼德聖殿》[14]有什麼道德意義的話，這個意義也完全被那些淫蕩的情節和色情的畫面弄模糊了、破壞了。而作者為了掩飾這些，使之披上體面端莊的外衣，又都做了些什麼啊？他假託這部作品乃是譯自希臘文的原稿，並且為了說服讀者相信他說的是真的，他將發現手稿的過程編得繪聲繪色。如果這還不算是謊言，那麼什麼才叫做謊言呢？但是誰會控告作者

14 孟德斯鳩在一七五二年的作品，發表時假託譯自希臘作品。

行騙，誰會把作者看成是騙子呢？

也許有人要說這不過是個玩笑，作者雖然用了那麼肯定的語氣，但沒有刻意要說服誰，再說實際上他也沒有說服任何人，公眾都確信不疑地認為他絕非自己所宣稱的譯者，而根本就是這部所謂希臘作品的原作者。但依我看，這類玩笑真夠愚蠢、幼稚的，一個撒謊者，即使他的肯定沒有說服任何人，撒謊的性質並不會就此淡化。更何況雖然有部分讀者文化素養比較高，大多數讀者仍然是幼稚輕信的。對他們而言，一個嚴肅的作者滿懷誠意地編造了這個關於手稿來歷的故事，肯定不該讓自己上當，這就如同喝了用古式酒杯盛的毒藥，而如果換上現代容器，他們至少也會有一絲疑慮的。

這些差別，不論在書中是否存在，至少在誠心待己的人的心中，是不會分不清楚的，因為這種人不能讓自己受到良知的譴責。為了有利於自己說謊話與為了損害別人說謊話相比，並非前者所含的撒謊成分要少一些，雖說在前一種情況下所說的謊言看似少一分罪惡感。將利益給予不應得的人，這也是在破壞公正的秩序：將有可能招致讚揚或責備的行為強加到自己或別人頭上，是定罪也罷、辯白也罷，都是做了不公正的事。一切與真理相悖的東西，只要損害了公正，不論是以哪種方式，都是謊言。這才是確切的界限，但倘若與真理相悖，卻與公正沒有一點兒關聯，那就不過是虛構罷了。如果有誰把純粹的虛構當做謊言並由此自責的話，我就承認他的良知的確更甚於我。

那些所謂出於好意編造的謊言也是真正的謊言，為了自己或他人的利益進行欺騙，與為了損害他人或自己進行欺騙相比，並不見得要公正到哪裡去。誰要有悖事實地讚揚或責備一個確實存在的人，那就是撒謊。當然如果只涉及自己想像中的人物，便可以說自己想說的一切，算不上撒謊，除非是根據編造的事實作出了有關道德觀念的錯誤評判。因為如果這樣，雖然算不得是在事實這個問題上撒謊，卻是有悖於道德真理地撒了謊，後者遠比前者嚴重得多。

然而這類人，恰恰是這世上所謂的誠實人，他們所有的真實性都表現在當他們談著那些無聊的話題時，總是竭力在時間、地點、人物上做到忠實，不允許有任何虛構，不允許自己弄錯一點點細節，或者有半點誇張。只要不觸及自身利益，他們的確是本著不可侵犯的忠實原則敘述的。但倘若是對待或講述與他們自身休戚相關的某個事件，他們則刻意渲染，這樣事情就可以從對他們最為有利的角度呈現出來，這時如果謊言對他們極為必要或不得不由他們自己來撒謊的話，他們的手段會極其高妙，使謊言不僅為人接受，而且撒謊的罪過還不會由他們來承擔。這可是出於謹慎啊，和真實說聲永別吧。

而我謂之誠實的人卻正好相反。在一些無足輕重的小事上，別人看重的真相對他而言是沒有任何意義的，他會無所顧忌地捏造一些事情來逗樂同伴，只要這些事不針對任何人，活人也罷、死人也罷；只要這些事不招致任何不公允的評判，贊許也罷、反對也罷。然而任何有悖於公正與真理的謊言都不會從他心中、嘴裡、筆下流露出來，不論這謊言對人有利還是有害，抑或是出於對人的尊重或蔑視、讚揚或責備。這樣的人才真正可以稱做誠實，哪怕是在與自己的利益相衝突的情況下，他也會堅持這種在那類無聊的談話中無可炫耀的誠實。他是誠實的，就在於他從不試圖欺騙任何人，對於指責他或給他榮耀的真理都一概忠誠，從不為了自己的利益或為了傷害自己的敵人而進行欺騙。我所說的誠實的人與另一種誠實的人之間的區別就在於：世人所謂的誠實的人僅僅忠於對自己來說無關痛癢的真理，絕不超出這一範圍，但我所謂的誠實的人，他們在需要為真理自我犧牲時才更顯其忠實本色。

但是，有人又會說了，你對誠實開出這麼多條件，又如何顯示出你所鼓吹的對真理的一腔摯愛呢？這種摯愛還包含有這麼多的這個那個，恐怕是虛偽的吧？不，這種愛純潔而真實，但它強調了對公正的摯愛，雖然難免會有些虛構的內容，卻絕不是虛偽的。公正和真理在這種情況下是同義詞，這份愛對它們一視同仁。充滿這種愛意的人，他心中崇尚的神聖真理從不基於無關緊要的事實，甚或一些一無用處的名詞，他是要將欠付每個人的東西交還給他，那些真正屬於別人的東西，功績或罪過、榮譽或詰難、讚揚或指責，統統交還給人。沒有虛假，也不會刻意反對誰，因為他的公平法則不允許，他的良心一定會阻止他不公平地傷害人，也包括他自己，他絕不會把不屬於自己的東西占為己有。他最為珍惜的是他的自尊，這是他最無法捨棄的財富。倘若要他以犧牲自尊為代價去謀取別的東西，他會感到這才是真正的損失。也就是這個原因他有可能會在某些無關緊要的小事上撒點謊，甚至自己還沒覺出是在撒謊，但他從來不會為了利人利己或害人害己而撒謊。可是有關歷史真相、有關人類品行、有關公正或人與人之間的關係準則、有關有用的知識的一切，凡取決於己，他一定會竭力避免一點兒差錯，對別人對自己都是如此。除此之外就算不得是謊言了。如果《尼德聖殿》是一本有益的書，那麼關於希臘手稿的杜撰就是無辜的虛構，而如果這是一本危險的書，這樣的杜撰則完全是理應受到懲罰的謊言。

這些就是我的良知在謊言與真理的問題上所定的準則，我的心早在我的理性接受這些準則之前即按此去做了，純粹出自道德本能。那個使可憐的瑪麗永成為犧牲品的謊言如此罪惡，留給我永遠無法抹去的悔恨，這使得我在以後的日子裡不僅得以避免任何類似的謊言，而且只要是觸及別人利益與名譽的謊言，無論何種形式，我都絕不再撒了。把這樣的謊言圈出來，我就省了權衡利害的麻煩了，更不必去劃出以損人為目的撒的謊與出於善意撒的謊之間那條精確的界線。我將兩類謊言都視為罪惡，根本不允許自己撒這種謊。

在這件事上與在其他事情上一樣，我的脾性在很大程度上影響了我為人處世的準則，或更確切地說是決定了我的習慣。我這個人很少按規矩行事，或者說在任何事情上我都不會遵從並非出自本性的準則。我從未預先策畫要撒一個謊，也從未為自己的利益撒過謊，但是我經常會因為害羞而撒謊，為了在一些無關緊要的小事上、或最多只與自己有關的事情上擺脫困境。比如說在談話的時候，我的思考總是跟不上節奏，眼見談話就要冷場，我就不得不借助虛構，這樣才有話好說。當必須說話或是尚未想起足夠有趣的事情時，為了避免一言不發，我就杜撰一些東西。但我編這些故事總是盡量小心，免得編出些真正的謊言，也就是說這些故事絕不會有損於公正或是應當為人所知的真相，充其量只是一些與他人、與自己都無多大關係的虛構。我希望的只是在這個過程中以道德真理來替代事實真相，亦即想表現人心自然流露的真情，從中得出某種有用的教益，用一兩個詞就能概括整篇的道德故事或寓言。但這要求更為敏捷的才思和更為伶俐的口齒，以便利用這類無聊的談話對人進行教育，可偏偏我又做不到。何況談話速度通常比我的思維速度要快，這就迫使我在思考前就開口了，蠢話連篇，儘管我的理智與我的心是反對的，然而往往在作出這些是非判斷之前，蠢話就已脫口而出，再也無法更改。

依然是在這種原始的、無法抗拒的本性驅使之下，通常在意想不到的事情悄然而至的時刻，只是為了及時應付，羞愧及怯意使我撒了本意絕未要撒的謊。對於可憐的瑪麗永的深刻回憶，提醒我不能再撒害人的謊，卻無法阻止我為了擺脫困境說些謊話，尤其是這些謊話又只牽涉到我自己。然而，這類謊言和那類改變別人命運的謊言一樣，也是有悖於我的良心和原則的。

我可以對天發誓，倘若事後我能夠收回這些意在自我辯解的謊話，而將使我負罪頗深的真相說出來，並且不會因反反復復再次招致嘲弄的話，我一定是心甘情願這樣做的。但是我出於羞愧犯下了錯誤，同樣因為羞愧而沒有勇氣改正，雖然我真心誠意地為這個錯誤深感歉疚。有個事例可以清楚說明我的意思，我撒謊的確既非想得到什麼好處，亦非出於自私，更不是為了貪欲或惡念，我只是因為尷尬、因為難堪，有時我也很明白大家都了解事情的原委，撒謊對自己也無法起多大的作用。

不久以前，富爾基埃先生囑我破例一次帶上太太到飯店老闆瓦加辛夫人那兒聚餐，他和他的朋友伯努瓦都去，席間那位夫人和她兩個女兒也在座。正吃飯的時刻，那個剛結婚不久並已有身孕的大女兒竟直瞪著我，突然問我是否有過孩子。我窘得眼睛都紅了，回答說我沒這個福氣。她看著周圍在座的人，不懷好意地笑了。這一切的意思再明白不過了，我自然也知道。

顯然，就算我有意欺騙，也不至於作出這樣的回答。只是在當時那種情況下，我早從賓客們的臉上看出無論我怎麼回答，根本就不會改變他們在這件事上對我的看法。他們早就在等著我這個否定的回答，甚至是誘使我撒謊好以此為樂。我倒還不至於遲鈍到這個地步，連這一點也察覺不出來。兩分鐘後，我才想到自己該這樣應對：一個年輕女人向一個過著單身漢般晚年生活的男人提這種問題，恐怕不太得體吧。如果我這樣回答，則既沒撒謊，也不會因為招認了什麼而臉紅的，她反而會成為被取笑的對象，還能給她一點小小的教訓，好讓她以後別再冒冒失失地向我發問。可是我該做的什麼也沒做，該說的什麼也沒說，說的是不該說的，當然也就沒什麼用。可以肯定的是我的判斷、我的意願未曾對我的回答有過一丁點兒的指導，這個回答完全只是情急之詞。以前我從未有過難堪的感覺，我總是很坦率地承認自己的錯誤，沒發現有什麼好羞愧的，因為我不懷疑人們關注的是我將對我所犯的錯誤進行彌補，我也不懷疑我在自己身上所感覺到的品格，人們一定也會看到的。但人們那惡意的目光著實傷害了我，令我張惶失措，而愈是身處不幸，我就愈是害羞，我一直是因為害羞才撒謊的。

我從來沒有比在寫《懺悔錄》時更感覺到自己對謊言竟具有如此本能的憎惡。因為那時只要我對謊言稍有偏好，這部作品就會謊言連篇，且篇篇精采。但是正相反，對於我該說的一切，我絕沒有緘默不言、佯作不知，這是一種我自己也解釋不清的，別人更無法效仿的脾性。我甚至覺得從另一種角度說我倒是撒了謊，因為我不僅沒有寬大為懷原宥自己，反而對自己過於嚴厲，我的良知告訴我日後再也不會有比這種自我評判更為苛刻的了。是的，我可以說，因為我感覺到了，帶著令人驕傲的靈魂的高貴感覺到，我在這部作品裡所傾注的誠意、真實和坦率，遠非世人能及，至少我是這麼認為的。在我身上，善的成分要比惡的成分多，把一切說明白該是對我有利的，於是我就說出了一切。

我從來沒有少說點什麼，倒是有時會多說一點，不過不是編造事情本身，而是在有關於事情所處的情境方面做點文章。這類謊話，與其說是為欲所使，倒不如說是狂熱的想像力的產物。甚至於我根本不該稱其為謊言，因為類似的添油加醋，又有哪一點可以確切地被算做是謊言呢？寫《懺悔錄》時，我已年近衰邁，早已厭倦了生活裡那些一掠而過的虛浮的樂趣，心中覺得甚是無味。我是憑藉回憶來寫《懺悔錄》的，而這些回憶往往殘缺不全。為了充填這些不完備的回憶，我就用我想像的細節來補白，作為這些回憶的補充，但我從來不會反過來說。我喜歡徜徉於生命中的那些幸福時刻，有時尚覺缺憾，便會再點綴一下、美化一下。這些已然淡忘的事情，它們按理該如何發展下去，我就如何說，弄不好它們原本就是這樣的呢，反正我絕不會把事情反過來說。有時我是會在事實基礎上增添一點不相干的迷人的細節，但我從不會用謊言欺世盜名。

即使說有時我不假思索，在從側面角度進行描繪時不經意就掩飾了醜陋的一面，這一類的省略也可以說已被另一類頗為奇特的省略彌補了，通常我在「善」面前比在「惡」面前更容易保持緘默。這是我天性裡的怪異，倘若別人不信，完全情有可原，但無論如何令人難以置信，這仍然是真的。在陳述自己的惡事時，我通常會有多無恥就說得多無恥，而說到好事，則不會它有多好我就說得多好，往往我會完全沉默下來，因為覺得好事往我臉上貼了太多的金。如果照這樣去寫《懺悔錄》，我就好像是在給自己唱讚歌呢。在描寫我的年輕歲月時，我從未炫耀自己天賦中那些難能可貴的品質，甚至刪除了一些使之過於顯山露水的事實。在這裡我想起了童年的兩件事，其實在寫《懺悔錄》時也不是忘記了它們，而是僅僅出於上述那個原因，我將兩件事都略去未提。

那時候我幾乎每個星期天都要去巴齊[15]的法基先生家，他是我的姨父，在巴齊開了一片印花棉布廠。有一天，我站在壓光機房的晾乾架邊看房中那些鐵鑄的滾筒。我很喜歡看它們閃閃發光的樣子，便試著把手指放上去。正當我滿心快樂地撫摸它們光滑的表面時，站在輪旁的小法基卻將輪子旋了半圈，恰巧把我兩根最長的手指捲了進去，這足以把我的指尖壓得粉碎。兩片指甲剝落下來，粘在滾筒上。我尖叫一聲，小法基趕緊將輪子轉回去，只是指甲依然牢牢嵌在滾筒上，血沿著手指流下來。小法基驚呆了，從輪邊跑過來抱住我，懇求我不要再叫了，還說他要完蛋了。儘管我自己疼到了極點，但他的痛苦還是感動了我，我就沒再吭聲。我們到了蓄水池邊，他幫我洗乾淨手，並敷上青苔止血。他涕淚漣漣地求我不要告發他。我答應了，於是一直到二十年後仍然沒有任何人知道，究竟是因何事故，我的這兩根手指落下了這永遠也去不掉的大疤。我被迫在床上躺了三個多星期，而且兩個多月的時間裡我都無法再使這隻手，可我一直堅持說手指是被滾落下來的大石頭砸傷的。

真實的謊言啊！難道還有比你更美的真相讓我們舍你取他嗎？[16]

然而這次事故給我留下了深刻印象，因為它發生在操練的那個時段。那時候人們把平民集中起來操練，我原本該身著制服，和三個與我年紀相仿的孩子排成一行，加入街區的連隊一道訓練。而我只能躺在床上，聽著我三個同伴伴著連隊的鼓聲打我的窗下走過，我是多麼痛苦啊。

另一個故事也和這個差不多，只是年齡又大了一點了。

我跟一個叫普蘭斯的小夥伴在普朗宮[17]玩槌球。遊戲中我們爭吵起來，拳腳相向。在爭鬥中，他用槌棒在我無遮無擋的腦袋上敲了一記，敲得可真用力，再重一點兒我就保準腦袋開花了。我立刻倒了下去。看到血順著我的頭髮流下來，可憐的小男孩慌亂極了，那種神情真是我一生中從未見過的。他以為殺死了我。他衝向我，把我抱在懷裡，緊緊擁著我，一邊哭一邊尖叫。我也竭盡全力抱住他，同他一道哭。那真是一種無法言喻的卻不乏柔美的感情。後來他便著手為我止血，但

15 Les Paquis，是日內瓦的一個區，始建於一八五五年。
16 原文為義大利文。語出義大利詩人塔斯（1547–1595）的《被拯救的耶路撒冷》之〈索夫羅尼的故事〉一節。
17 Plain-Palais，位於日內瓦西南的一個區。

血一直源源不斷地流下來，眼看我兩條手絹都浸透了，於是他把我領到他母親那裡。他母親在附近有座小花園。那位溫善的夫人看到我這樣子險些暈過去。不過她還是堅持替我進行包紮，清洗後她將酒浸百合花敷在我的傷口上，那是在我們家鄉普遍使用的一種敷藥。她和她兒子的眼淚深深打動了我，以至於很長時間我把她視做自己的母親，把她兒子視做手足，直到後來我見不到他們了，才漸漸將他們忘記。

對於這件事，和在另一件事上一樣，我也守口如瓶。一生中這類事大概不下一百件，但在《懺悔錄》裡，我一件未提，因為我無意宣揚我自覺是在個性中屬於善的東西。不，倘若我會說一些與我所了解的真相相違背的話，那都只是些無關緊要的小事，並且只是為了擺脫談話時的窘境或是純粹的文字遊戲，從來不會想是要為自己謀取什麼利益，或者要去討好誰、損害誰。如果有這麼一天，人們能以公正的態度讀我的《懺悔錄》，他們應當會發現，我在書中招認的一切，較之那類說出來倒不顯得那麼不光彩的罪惡，也許更能令人蒙羞，也更為沉重些，但絕沒有那類罪惡深重。那類罪惡我從沒犯過，因而在書中也未曾提及。

從這些思考中，我可以得出這樣的結論：我所信奉的真實，是建立在公正與道義的基礎之上，而不是建立在事物的現實性之上的。在實踐中，我遵從的是良知提供的道德準則，而不是那類關於真與偽的抽象概念。我經常編造一些寓言，但我極少撒謊。由於遵從這些原則，我給了別人許多攻擊我的機會，但我從未損害過任何人，不管是誰，我也從來沒有給過自己不應得的好處。也僅僅是從這方面來說，我才會認為真理是一種美德。換了任何別的角度，它便只能是一種既不從善、亦不從惡的玄學。

我的心還不甚滿意，因為這些區分還不足以使我自認為是無可指責的。我在負人之處細加思量，有沒有在欠己之處也慎重權衡了呢？如果說應對別人公正，那麼也該對自己真實，這是一個正直的人對他的自尊應持的一種尊重。當我迫於談話的窘境而不得不添加一些無傷大雅的虛構時，我也犯了錯，因為我們不能為了取悅他人就詆毀自己，而當我遊戲文字時，在真實的事情上往往來些生花妙筆，這就更加錯誤了，因為用寓言來裝飾真相，實際上也就是歪曲了真相。

但我真正覺得最不可原諒的，還是我選擇了這條座右銘。這條座右銘迫使我以較之任何人都更為嚴厲的態度來信奉真理，為此我不僅要犧牲自己的利益與愛好，還需犧牲自己的軟弱與害羞的本性。對於一個將一切都特別奉獻給了真理的人來說，必須在任何時候都永遠有勇氣、有力量堅持真理，從他的嘴裡，從他的筆下，不該聽到、看到任何形式的虛構和寓言。我既然選擇了這條令人自豪的座右銘，並且有勇氣遵循它，就該將上述這番話講給自己聽，並時刻提醒自己。我的謊言的確不是來源於虛偽，而是出自軟弱，但這並不能為自己進行辯解。有了一顆軟弱的心，最大程度上也只能做到避免犯罪，但要膽敢公開聲明信奉什麼高貴的美德，那真是太狂妄、太冒失了。

如果不是羅西埃神父啟發了我，也許我永遠不會進行這番思考。當然想要學有所用已經太晚了，但至少對於糾正錯誤，將自己的願望變為準則來說還不算太晚，因為這些就是日後仍還取決於自身的一切了。從這件事、也包括所有類似的事情上來看，梭倫的那句名言的確適用於任何年紀。學會智慧、誠實、謙遜，學會不高估自己，哪怕是從敵人那裡學得這一切，是永遠也不會嫌晚的。

漫步之五

Cinquième Promenade

在我所有的居處中（倒也不乏迷人之所），當屬比埃納湖中心的聖皮埃爾島[18]最能讓我感受到一種真正的幸福，並始終懷有這樣一種綿綿眷意。這座小島在訥沙泰爾邦，被稱為土塊島，在瑞士本國也不怎麼出名，據我所知，還沒有一位旅行家提過它。然而它風光秀美，所處的位置對於一個生性喜好被幽禁的人來說真是妙極了。因為就算我是這世間惟一命中註定要獨處的人，我也無法相信自己是惟一對自然抱有如此興味的人，只是這種興味，我至今也未曾在別人身上看到過。

比埃納湖畔比起日內瓦湖畔來，似乎要原始一些，也要浪漫一些，因為湖濱附近就只有岩石和樹木，但它絕不因此輸一點姿色。如果說這裡少了點莊稼和葡萄園，少了點城市和房屋，但卻有著更多自然的蒼翠，更多青草地，更多林木掩映下的幽僻之處，也更多參差分明、迭宕相連的景象。由於這悅人的湖畔尚無像樣的車道，遊客也就很少光顧。然而對於一個喜歡滿心沉醉在自然美色之中的孤獨遐想者來說，還真不失為一個好地方，在這樣的靜謐中冥想除了鷹唳鳥囀、山間落泉，就再沒有任何別的煩人聲響了！這個美麗的湖泊幾近圓形，兩座小島綴於其上，一座島上有居民、有莊稼，約莫兩千米見方的面積；另一座則小些，冷清荒蕪，日後人們不斷把小島上的土挖去修補海浪風暴對大島造成的侵蝕缺損，小島也就會毀了。這就是弱肉強食的道理啊！

島上只有一座房子，面積不小，也還舒適簡樸。和小島一樣，同屬伯爾尼醫院的資產，一位財務官連同他的妻兒僕役住在裡面。他在島上開了一個大養殖場和一個鳥欄，還圈了幾片魚塘。島雖小，然而地形地貌頗多變化，因此各種景色和作物紛呈眼前。農田、葡萄園、森林，還有果園；肥沃的牧場上，濃蔭片片，灌木林立，各類樹木得了水的滋潤，青翠欲滴；沿著島的縱向有一座高高的平臺，上面植著兩排樹，在平臺的中心蓋有一間漂亮的大廳，逢到葡萄收穫的季節，附近湖濱的居民星期天就聚在這裡跳舞。

18　一七六五年九月十二日，盧梭被迫離開特拉維爾山谷的莫蒂埃（Môtiers）村，遷至該島，他於十月二十五日離開，實際停留時間僅六周，而非如他下文所言的兩個月。小島現名兔島，盧梭住過的房子現在是一家旅館，年輕的浪漫主義者常來此朝聖。

自莫蒂埃石擊案[19]發生後，我躲到這座島上。島上的日子真令我心醉，因為這裡的生活與我的脾性實在是非常吻合。我決定在此度過餘生，成天別無所慮，就是擔心人們不同意這個計畫，非要把我送到英國去。我已經預感到他們快著手實施了。我多麼希望這個避難島就是我永世的牢房，多麼希望終生都被監禁在這兒，再沒有脫身的能力和欲望。人們不會允許我與外界有任何聯繫，我對這塵世間發生的所有事情都將一無所知，漸漸地就忘了它的存在，而我的存在亦被人遺忘。

人們只讓我在島上待了兩個月，然而即便我在這裡待上兩年、兩世紀，哪怕是永生永世，我也不會感到有片刻的厭煩，儘管我在這裡交往的人只限於財務官及他的太太、僕役——說實話，他們可都是好人——這恰恰才是我真正需要的。我把這兩個月看做一生中最幸福的時光，真的太幸福了，若能終生如此，我的心將別無他求。

這究竟是怎樣的一份幸福呢？能享有這份幸福又是建立在什麼基礎之上呢？我要讓世人根據我對這種生活的描述來猜一猜。要想盡情體味這種享受，最首要、最基本的一條就是難能可貴的閒逸[20]。在島上的這段時間，我所做的一切實際上就是一個潛心消閒的人必須做的、卻又其樂融融的工作。

像這樣與世相隔、顧影自憐，不靠外援根本無法在眾目睽睽下溜走，想與外界聯繫或通通消息也得借助外人的協助，這是人們早就求之不得地指望著我的。而這種指望，我應該承認，卻給了我用一種一生所未經歷過的方式來了結餘生的希冀。我覺得完全可以隨心所欲安閒下來，於是便開始不過多思慮其他事情了。突然來到這座小島上，我孤身一人、一無所有，隨後才叫來了管家[21]，接著又將書和簡單的行李運來，我倒挺樂得不去動它們的，就隨行李箱原封不動地擱在那裡，彷彿是客居在旅店裡第二天便要走了一樣，而我還打算在此度過餘日呢。只是所有的一切原本就很好，倘若稍事整理，反而要弄糟了。我最為快慰的就是沒打開書箱，因而找不到一點筆墨。每每收到那些個倒楣的來信又不得不回時，我便只好嘟囔著去向財務官借文具，用後趕緊歸還，還奢望但願下次別再借了。

19 參見《懺悔錄》第十二章。一七六五年九月初，盧梭因被民眾當做反基督者，在莫蒂埃的住所遭到攻擊，於是離開莫蒂埃。

20 原文為義大利語。

21 即下文所說的戴蕾絲·瓦瑟，自一七四九年成為盧梭的伴侶，一七六八年，盧梭正式娶她為妻。

我不再去盤弄舊書、糟蹋紙張，房間裡擺滿了花花草草，因為那會兒我才開始迷戀上植物學，這還是狄夫努瓦[22]醫生挑起的，但不久就真成了我的摯愛了。我不想再替人家做什麼正經工作，只想從事一件自己喜歡、連一個懶人都會喜歡的消遣事情。我開始著手編纂《聖皮埃爾島植物志》，意欲寫盡島上所有植物，不僅不能有一點疏漏，更要十分細緻，因為這樣才能耗完我餘生的所有時光。聽說有個德國人用了整整一本書寫檸檬皮，而我要就草地上的每粒草種、樹上的每片苔蘚、岩石上的每塊地衣都寫上一本書，哪怕是一根草莖、一點草皮，我都要詳細描寫。為了完成這個美妙的計畫，每天和大家吃過早飯，我就出發去流覽島上的社區，手裡握著放大鏡，腋下夾著《自然系統》[23]。我曾為了這個計畫將島劃成一個個小方塊，這樣就能在每個季節依次流覽過來。在觀察植物構造和組織時，在觀察我完全不了解的結果過程中雌雄部分所起的不同作用時，我是那樣欣喜若狂，那樣心神迷醉，那種感覺真是無與倫比。以前我對於植物生成特性上的差異一無所知，可那會兒，將普遍種屬逐一驗證區分，期待著發現更為罕見的種屬，這份工作著實讓我開心極了。夏枯草的兩根雄蕊長長的，頂端分著杈，蕁麻和牆草的雄蕊則極富彈性，鳳仙花果和黃楊包膜都裂開了，這成千上萬種結果過程我還是第一回見呢。這一切看得我滿心歡喜，簡直都想問一聲：你有沒有看過夏枯草的觸鬚？就像拉封丹問人家有沒有看過《哈巴谷書》[24]一樣。兩三個小時後，我便滿載而歸。倘若逢到下雨天，這些東西就足夠我在家消磨一個下午了。在上午剩下來的時間裡，我就帶著戴蕾絲，隨財務官以及他的夫人去看他們的工人和莊稼，時不時地我還搭搭手。要是有伯恩[25]人來看我，他們常常會發現我正在樹上，腰間繫一個裝果子的包，等包塞滿了就用繩子放下來。經過一個上午的鍛煉，我的心情好極了，所以午飯對我而言便成了一種舒舒服服的休息，然而如果午飲時間太長，天氣又實在太好，我很快就又耐不住了，趁人們尚未散席時偷偷溜掉，在湖中獨划一葉小舟，風平浪靜時，我便平躺在船上，雙眼望天，任小船隨波蕩漾，有時一連幾個小時我都這樣沉浸在自己那千百種朦朧、甜美的遐想之中，雖然這些遐想沒有什麼明確的目標，依我看，卻比所謂人生最溫馨的樂趣還要好上幾百倍。通常在太陽快落山的時候，我已漂得遠離小島，得盡全力划才能在天黑

22 Jean-Antoine d'Ivernois（1703–1765），醫生、花草專家，一七六四年在莫蒂埃向盧梭傳授過植物學。

23《自然系統》是瑞典植物學家利內（Carl von Linné, 1707–1778）的著作。利內第一個發現植物兩性繁殖的現象。

24 此係盧梭所誤。傳說拉封丹曾問每一個他碰到的人有否讀過《巴錄書》（*Livre de Baruch*），稱讚這是一篇天才之作，盧梭在這裡誤寫為《哈巴谷書》。

25 伯恩為瑞士首都。

之前回來。還有些時候，我倒沒有被水流帶遠，而是在青翠的湖畔流連，那兒水色澄清、樹影鮮明，難免令人萌生跳下去暢遊一番的欲望。不過我最常幹的還是把船從大島划至小島，在小島登岸，度過整整一個下午。我不是在柳樹、瀉鼠李、春蓼或各種灌木間徘徊，就是坐在綠草覆蓋的沙地上，那兒開滿了歐百里香和各種小花，間或還有以前人們種下的岩黃芪和三葉草，最適合養兔子了。兔子不僅可以在這裡安然成長、繁殖，不受到任何驚擾，而且於這裡的景致也會絲毫無損。我把這個主意講給財務官聽，因為他剛好從訥沙泰爾買了幾隻兔子回來，公的母的都有。於是我們連同他妻子、妹妹，還有戴蕾絲，一行人浩浩蕩蕩開赴小島，把兔子安置在小島上。我離開小島時，兔子已經開始添丁增口了，如果能熬過嚴冬，想必應當興旺得很了。建立這片小小的殖民地的那一天真像一個節日。我成功地將同伴和兔子從大島帶至小島，這風光可不亞於阿爾戈號船員的領隊[26]，而且我還滿懷驕傲地注意到，一向怕水、逢水總覺不適的財務官那天卻放心地隨我登上船，在整個渡水過程中沒有一絲畏懼。

如果波濤洶湧無法行船，整個下午，我便從島的右面一直走到島的左面，採集各類標本。有時我在荒僻卻很迷人的地方坐下來，任自己盡情遐想；有時我又登上平臺，放眼遠眺美麗的湖水。湖岸一面背山，而靠著肥沃平原的那一面，只襯著遠處青煙繚繞的山巒，真的顯得寬闊極了。

傍晚，我從島上的小山坡頂下來，總是要在湖畔幽僻的沙地上坐一會兒，聽著濤聲，看著漣漪，我的心再也不想別的，只沉醉於美妙的遐想之中，而夜晚通常就這樣在不知不覺中到來了。湖水一波波地湧來，那聲音連綿不斷卻又一波強似一波，不時地震擊著我的雙耳和雙眼，把遐想推遠的那個自我又帶回來，我無須費力思索就能滿心喜悅地感受著自身的存在了。有時這湖水也會讓我覺得人世無常，然而這種淡薄的想法轉瞬即逝，很快就消融在不斷湧來、給我撫慰的湖水裡，我自然而然地陶醉在這樣的景致裡。儘管是天色太晚，歸時已至，我也要掙扎一番才肯起身回去。

晚飯後，如果夜空明朗，我們經常一道散步到大平臺上，呼吸湖面吹來的新鮮空氣。在樓臺上我們得到了充分的休息，笑著、談著，唱幾支老歌，那可不比現在

26 指希臘神話中率五十名船員出發到喀爾斯島尋找金羊毛的英雄伊阿宋。

這些個扭捏作態的歌曲遜色，然後便心滿意足地回房睡覺，除了希望明朝如今天一般繼續，再無他願。

假如沒有不速之客的來訪令我心煩，我在島上的那段日子就是這樣的。究竟它有什麼迷人之處，令我心中一直保留著如此強烈、甜美、持久的思念呢？十五年了[27]，每每想起這個心愛的地方，我仍然為之動情。

我注意到，滄桑一世之中，我最常憶及的倒不是那類極樂的享受。這些短暫的神迷心醉，儘管十分痛快淋漓，卻恰恰是由於太強烈刺激，只能成為生命線上分散稀疏的亮點。它們是如此罕見、如此短暫，根本還算不上一種狀態，我心追念的幸福絕不是由這種轉瞬即逝的時刻所組成，而該是一種更簡單卻更持久的狀態。這種狀態本身也許不會給人帶來強烈的快感，然而隨著時光流轉，它的魅力卻與日俱增，直至最後，它會給人一種極致的幸福。

這世上的一切不過是前赴後繼的潮水。沒有任何東西可以永恆的形態停住不動，於是我們對於身外之物的愛戀，會和這些事物一般不停地變化。在我們的身前身後，不是已然不再的過去，就是日後亦會不再的未來，因為事物總是在變的啊，在這些東西上，我們的心根本無可依託。因此，在這塵世之中，只有已逝的快樂永久的幸福，我真懷疑是否存在。在我們所享受的這類最刺激的快樂之中，幾乎找不到這樣的時刻，我們的心能真正對我們自己說：但願這時刻能永遠繼續。而我們又如何能將如此短暫的時刻稱做幸福呢？這類時刻讓我們的心依然處於焦灼和空茫之中，不是要讓我們追憶過去，就是要讓我們展望未來。

然而，也許有一種穩固的狀態讓我們的心在其中得到完全的休息，讓我們整個人都投入進去，無須回顧過去展望未來。時間對它而言早已失去意義，只這一種沒有盡頭、沒有變化的狀態在繼續著，我們再也感受不到別的。沒有失去、沒有享受、沒有快樂、沒有痛苦、沒有希望，也沒有恐懼，自身的存在便是惟一的感受，溢滿了整個心靈。只要這種狀態延續著，處在其中的人便是幸福的，並且與那種有缺憾、貧乏、相對的幸福相反，這是一種充分、完全、豐滿的幸福，我們的心由此不再空茫，不再需要別的什麼來填補。而這正是我在聖皮埃爾島，躺在隨波

27 實為十二年。

漂流的小船上，坐在波濤洶湧的湖畔，或是在美麗的小河邊聽著浪花輕濺、拍擊岩石的聲音，獨自一人浮想聯翩時所感覺到的狀態。

在這樣一種狀態裡，我們的享受又是源自何處呢？不可能建立在任何身外之物上，這個源泉只能是我們自身，我們自身的存在。只要這種狀態持續著，我們便能如同上帝一般自足。這種超脫了一切凡俗之愛而對自身存在所抱有的一種感情，究其本身就是和諧安寧、極為珍貴的，對於一個懂得排遣一切分散我們精力、破壞世間和美的情欲物欲的人而言，這種感情便足以使他體味到自身存在有多麼珍貴、多麼甜美。但是大多數人總是為接踵而至的激情所左右，根本無法了解這種狀態，他們只在某些短暫的時刻不完全地領略過，因而也就產生了一種模糊混亂的概念，認為其中也沒有什麼迷人之處。再說在現行的秩序結構中，如果他們一味追求這種甜美的、令人心醉神迷的狀態，由此厭倦了社會生活中不斷增長的需求要他們履行的職責的話，恐怕也未必是件好事。不過被踢出人類社會、在這塵世上根本不可能對自己對他人再作出什麼貢獻的人，他倒是有可能尋到這種狀態，感受到人間至樂，從而也得到一份不再能被社會、被他人剝奪去的補償。

的確，這份補償，不是任何心靈在任何境況中都感受得到的。首先心靈必須完全平靜下來，不再被任何情欲攪擾。再者，僅有這樣的心緒也不夠，周圍的一切也須加以配合。不能是一種絕對的靜止，亦不能太過動盪，而必須是均衡、溫和的運轉，沒有突兀的打擊，也沒有間斷。沒有運轉，生活只是一種沉沉昏睡，而運轉太過劇烈或不平衡，又會將我們震醒。我們會想起周遭的一切，我們所遐想的那份甘美也隨之受到破壞，內我不復存在，我們又被置於命運與他人的枷鎖之下而深感不幸，絕對靜止也會趨向悲涼，因為那是一種死亡的圖景。所以必須借助於迷人的想像，被上蒼賦予這種才能的人自然而然就會用到它。運轉既然不能依靠外力當然是來自內我。的確，也許安靜會減之一分，然而當那些輕捷、溫暖的念頭掠過靈魂的表層，卻又未曾撼動我們靈魂深處的東西時，那種感覺也是美妙得很的。只要是心繫自身，我們就可以忘卻痛苦。在所有能讓我們安靜下來的地方，我們都能享受到這類遐想，我經常會因此想到巴士底監獄，不過甚或在空無一物的茅屋裡，我也照樣能悠然自得地做我的夢。

但是必須承認，這類遐想若能在一個豐饒、幽僻的小島上進行當然就更妙了。島與這塵世的其餘部分自然相隔，島上則到處都是迷人的景致，沒有什麼會喚起我對痛苦往昔的回憶，而那小群居民又是那麼隨和溫柔，不會沒完沒了地打探我。我於是能毫無阻礙，更無須謹小慎微地投入我自己的愛好中去，或乾脆閒置著無所事事。對於一個能在重重醜惡中以悅人的幻想來充實自己、能借助於真正屬於自己的思想、讓自己得到滿足的遐想者而言，這機會著實太美麗了。在一番長長的和美的遐想之後，看見的是周圍一片蒼翠、花枝爛漫和小鳥依人。縱目遠方，那浪漫的湖濱，那清澈的湖面，我真以為這一切可愛的景物是源出我的虛構，而待我醒來認出自我與周遭，我也已無法劃清虛構與現實間的界限了，就這樣一切都是那麼和諧，愈發讓我感覺到在這段美麗的日子裡，這份孤獨冥思的生活多麼彌足珍貴。為什麼不能再重新來過了呢？！又是為什麼，我不能就在這個島上度過餘生，卻還要出去再看那些這麼多年來陷我於各種不幸而在一旁幸災樂禍的面孔？！如果能不出島，我不久就會忘了他們的，當然他們不會忘了我，但只要他們再也無法攪擾我的安寧，那又有什麼關係呢？從這喧鬧複雜的社會生活所釀製的種種物欲中解脫出來，我的靈魂將飛越現世的重圍，提前開始與天使們交談，並渴望著不久之後加入他們之中。我知道，某些人是絕不願意讓我享受這美妙的避世境遇的，但他們卻無法阻止我每天逃到自己的想像中，無法阻止我一連幾個小時品味著如同仍然留居在島上的一份快樂。如果我仍在島上，能做的最開心的事也不過是自由自在地遐想，而想像著自己在那兒，我不正做著完全相同的事嗎？並且我現在甚至做得更多，除了誘人的那種抽象單純的遐想之外，我還能補充一些能使遐想更為生動的迷人畫面。當年我沉醉其中時，我也意識不到這些畫面緣起何故，而現在愈是在遐想之中，這些畫面就愈是清晰鮮明。比起那時我真實的處境，此時倒似乎更為明瞭、更為愉悅。不幸的是，隨著想像的日漸枯竭，這些畫面愈來愈難得見了，持續的時間也短了。唉！當一個人就要離開他的軀殼時，他的視線卻偏偏為這尊軀殼所阻擋！

漫步之六

Sixième Promenade

即便是我們不經意的一個動作，只要善於尋根究底，總能在內心找到緣由的。昨天，當我走過新林蔭道[28]前往讓蒂伊附近的比埃夫河畔[29]採集標本時，在離地獄門不遠的地方我便向右拐去，繞道鄉間，從楓丹白露大街轉上河畔高地。這段行程就它本身而言當然是沒有什麼，可我想起來，有好幾次了，我都是這麼下意識地繞個彎兒。於是就在自己身上探尋自己這麼做的根由，當我弄清楚時，不禁笑了。

時值夏季，天天都有個女人在林蔭道一隅的地獄門出口處擺個小攤，賣賣水果、甘草汁和小麵包。這女人有個小男孩，長得很可愛，但腿有些跛。他總是拄著雙拐，跟在路人後面說些好話討錢。我應該算是早就認識這個小精靈了，每每路過那兒，他都會跟上來說點好話。我當然也免不了掏幾個子兒給他。起初，看到他我真是非常高興，打心眼兒裡願意給他點錢，在後來相當長一段時間裡我都是樂意這麼做的，甚至覺得聽到他那天真的絮語簡直是一種享受。然而，我也不知怎麼搞的，這種享受久而久之習慣了，也就轉而變成了一種令人窘迫的義務，尤其是他那套開場白。通常他都不忘稱我一聲「盧梭先生」，以表明他認識我，然而對我來說卻恰恰相反，這倒提醒了我，他對我的了解絕不會比教唆他的那些人對我的了解更多一些。從此以後，我就不太願意打那兒走了，到最後，每每臨近，我已不自覺地習慣繞個彎了。

這就是我透過思考才發現的答案。因為在此之前我還未曾清楚地意識到這些。這次觀察讓我陸續想起好多別的事情，它們都證明了我並不像自己所想像的，對於自己所做的絕大多數事情，都很清楚真正的、最初的動機。我知道、也體會到行善是人心所能體會到的最真的幸福。但是很長時間以來，這份幸福早已不是我能品嘗到的了，我的命運如此悲慘，哪裡還能指望可以有選擇地、有效用地做一件真正的善事呢？鑄就我命運的人，他們最關心的就是把一切做成虛假、欺人的表象給我看，他們那出於美德的動機不過是耍花腔來引誘我墜入早就布下的陷阱。我明白這一點，我知道日後我能做的惟一一件好事就是什麼也不要做，免得又在不知不覺中做下了我不願做的壞事。

28 今巴黎的 Raspail 大道。

29 塞納河支流，今不復在。

然而，我也有過非常幸福的時刻，我能聽從我心的安排，使另一顆心快樂起來。我可以驕傲地為自己作證，每每品嘗到此類的愉悅時，我總覺得比任何人都更甜美。這種習好是那麼強烈、那麼真實、那麼純潔，在我心深處沒有一點點與之相違的東西。但是我常常會感覺到，自己這些原來發自內心的善行，卻由於隨之而來的義務的鎖鍊，變得日益沉重起來。於是快樂消失了，付出的仍然是相同的關懷，只是再也沒有初始的那種愉悅，剩下的就只是窘迫。在我短暫的輝煌時期，很多人向我伸出了求援之手，而凡我力所能及的，我從未拒絕過。但這些最初是真情流露的善舉，招來的竟是義務的鎖鍊，我始料未及，更無從掙脫這桎梏。我開始時做的這些善舉，在受益人的眼裡不過是一筆定金，日後還有得付呢。而一旦哪個不幸的人向我拋出了他初次受益的錨鉤，一切便已然定局，我開始做的這件心甘情願的好事，倒成了他無限的權力，只要他需要，我就得給，哪怕是力不能及也不能成為我獲得解脫的理由。就這樣，甜美的享受逐漸演變成難以忍受的制約。

假如我不為公眾所知，默默無聞地活著，這副鎖鍊倒也還不那麼沉重。但一旦我這人隨著我的書而聲名大噪——當然這無疑是個嚴重的錯誤，為此我可沒少受折騰——我這裡便成了總問詢處。所有受苦受難或自謂受苦受難的人，所有尋找獵物的冒險家，所有假借信任之名實際上想以此種或彼種方式控制我的人，統統都來了。由此我明白過來，所有天性裡的喜好，亦包括善意本身，一旦在社會上有欠慎重，不加選擇地運用，性質就會完全變了，其損人的程度，絕不亞於其當初利人的程度。就是這些殘酷的經歷漸漸改變了我天生的稟性，或者更確切地說，是將我的稟性限定在應有的界限內。它們教會我不再盲從自己的喜好，如果那只能是對別人的惡意有所推動的話。

但是我並不悔恨這些經歷本身，因為它們從一個新的角度啟發我透過思考，對於自身、對於在各種我常常不甚明瞭的境況中自己所作所為的真正動機有所認識。我發現若是想高高興興地做一件好事，首先就得是自由自在、毫無約束的。而只要將這件好事變成一種義務，我便再也體會不到它為我帶來的甜美了，因為義務會使得這種甜美的享受變得無比沉重。就像我在《愛彌兒》一書中所說的那樣[30]，倘若我生活在土耳其人中間，聽著街上提醒丈夫們依據自己的身分恪守

30 此係盧梭所誤。關於「土耳其丈夫」一事，可參見《懺悔錄》第一部第五章，《愛彌兒》中並未提及。

職責的叫喊聲，我一定不會是個好丈夫的。

這在很大程度上改變了我在美德這個問題上的觀點。因為當我們為天性所驅使，只是聽從喜好，為了行善的快意而行善，這算不上是美德。美德應當在於，當責任對我們有所要求時，我們要服從責任的安排，戰勝自己的習性，而這恰恰是世人不大做得到的。我天生敏感善良，極富同情心，甚至到了軟弱的地步，只要是觸動我心的事情，我會為每一份慷慨付出而狂喜不已。極富人情味、仁慈大方、樂善好施，這真是我的喜好，甚至可以說是我的激情。如果我是天下最有權勢的人，我一定是最為善良、最為寬容的一個，而只要我具有報復的能力，我心頭所有報復的欲火亦將自行熄滅。哪怕是在違背自己利益的情況下，我也還是能維持公正的，但若是有損於我心愛的人的利益，我就做不到了。當我的責任與我的心發生矛盾時，前者很少能戰勝後者，除非只需我甩手不做。於是通常情況下我算得上是個強者，但要求我違背自己天性去行事，我辦不到。無論是別人請求我，或是責任要求我，甚至是非得這麼做，只要我的心沒有吭聲，我的願望便不復存在，而我根本就不可能去遵從這樣的命令。即使我已預感到了不幸的威脅，我也只能任由它降臨而無法採取什麼措施去阻止。有時，開始我也努力過，但很快就覺得精力耗盡、疲憊不堪，很難堅持下去。任何一件事情，只要想來是無法高高興興地完成的，我就絕不會幹。

不僅如此，倘若存在著某種強制性，只要這種強制性稍稍過激了點，哪怕這事原本與我心願還不甚相違，也足以使我的願望瀕於滅絕，產生反感，甚至產生強烈的嫌惡。正是這樣人們要求我做什麼好事只會使我不堪重負，而假若他們對我無所要求，我倒是會自覺完成的。一件單純、毫無動機可言的善事無疑是我樂意做的。然而如果這件善事的受益者以此為條件要求我繼續做下去，否則就要恨我，如果他因為我當初以做他的施惠者為樂，而對我發號施令要求我永遠做下去，那麼自那一刻起這份快樂便煙消雲散了，我只會覺得很困窘。在這樣的情況下即使我退一步做了，那也只是出於軟弱和羞怯，沒有絲毫誠意。我非但不能因此為自己喝采，良心反倒要因為做了有違心願的事而受到譴責。

我知道在施惠者與受益者之間存在著某種契約，甚至這種契約是所有契約中最為神聖的一種。這是在施惠者與受益者之間形成的一種關係，比人與人之間那種普遍的關係更為緊密，也就是說受益者只需心照不宣地默默表示感謝，施惠者在受益者不曾做出什麼違背契約的事情之下，就必須保證履行這份契約。他必須以誠相待，只要能力許可，每有所求則必有所應。這些誠然不是明文規定的條件，但這是他們之間的關係所產生的必然結果。一個人，如果在別人首次對他有所求時便加以拒絕，那麼被拒絕者在此時就沒有任何抱怨的權利。然而在相同情況下，假如這個人拒絕了他曾承諾的恩惠，他就是使別人有權懷有的希望遭到了幻滅，就是愚弄和違背了自己挑起的一份等待。我也不曉得是為什麼，人們總是覺得後一種拒絕較之前一種更為不公正，也更難以接受。但是後一種拒絕也不過是一顆不願受束縛的心產生的自然反應，不經掙扎，這顆心怎能放棄這份獨立呢？償還債務是必須履行的義務，而捐贈則完全是給予自己的一份快樂。以履行義務為樂，這只能是美德養成了習慣，來自我們本性裡的東西往往不會如此崇高的。

在經歷了那麼多的不幸以後，我學會早早預見到最初的行為所帶來的後果，於是，因為害怕自己輕率地投入以後隨之而來的又將是我不得不從的束縛，往往我不再敢去做我願意做並且能夠做的好事。這種害怕當然不是一直就有的，而且在年輕的時候，恰恰相反，我還覺得那類受惠於我的人之所以對我有如此親暱的表示，並不是出於利害關係，而是出於感激呢。然而一旦我的災難接踵而至，在這個問題上和在別的方面一樣，所有的事情就不再是那麼一回事了。我現在生活在與前一時代人完全不同的又一代人中間，我對於別人的感情也不得不因為別人對我的感情起了變化而作出改變。而在我接連看到的這迥然不同的兩代人中，即便是同一批人，也在這代代交替的過程中得到了同化。比如說夏爾邁特伯爵[31]，以前我那麼尊敬他，他也那麼真心地愛著我，可一旦成為舒瓦瑟爾[32]圈子裡的成員，他立即為他的親戚謀取了主教之位。善良的巴萊神父[33]也是這樣，他曾受惠於我，又是我的朋友，年輕時可真是個正直誠實的小夥子，現在靠出賣我、欺騙我已在法國得到了一官半職。還有比尼神父[34]，我在威尼斯任次長期間他曾替我做事，我的行為自然博得了他的愛戴和尊敬，然而一旦牽扯到自己的利益，便連腔調和態度都變了，不惜昧著良心，出賣真理以獲取巨利。連穆爾圖[35]也變得黑白顛倒。他們和所有的人一樣，原本都是那麼誠實坦率，現

31 Le comte des Charmettes，曾是盧梭的摯友，和盧梭一樣愛好音樂。
32 Le duc de Choiseul，一七五八年曾任法國外交大臣。
33 巴萊（l'abbé Palais）神父，猶太人，在華倫夫人家開音樂會時曾演奏羽管鍵琴。
34 L'abbé de Binis，盧梭在駐威尼斯使館任職期間的助手。
35 Moultou，日內瓦牧師，盧梭去世後曾替盧梭出版自傳作品。

在卻都變成了這樣；只是因為時代變了，人也就隨著時代一道變了。唉！他們的行為方式，與當初我對他們產生感情時已完全相反了，我又如何還能對他們保持原有的那份感情呢？我不恨他們，因為我不知恨為何物；但是我無法不懷有、也無法不流露出對他們應有的蔑視。

也許，在不知不覺中，我自己也有了很大改變，遠遠要超過應有的變化。在我這樣的境況裡，什麼樣的本性才能抗得住不受侵蝕呢？二十年的經歷告訴我，我心中那些天性使然的稟賦，原本能給人帶來幸福，可現在早已因為命運，早已因為那些支配我命運的人，變得只能是損人損己了。我無法不把一件善事看做是誘惑我的陷阱，我知道那下面就有不幸在藏著，在等我。其實我也知道，無論一件事的結果是什麼，我的善意都不會折價。是的，這份價值是一直有的，但其內在的魅力已不復存在了，而只要少了這帖興奮劑，我便只能是心履堅冰般的深深冷漠。我很清楚自己根本不能再做什麼真正有效的事情了，我所做的一切都不過是別人的把柄。理智的否定，加之自尊的憤怒，使我厭倦，使我對這好事滋生出一種抗力，而原本從本性而言，我還真是一個熾熱虔誠的人呢。

有的厄運當然有可能會使心靈變得崇高堅強起來，然而有的厄運卻會使心靈遭受打擊，從而扼殺了它，就是這種厄運使我深受折磨。在這樣的厄運裡，只需一點點邪惡的酵母，厄運便能使之無節制地膨脹起來，使我趨於瘋狂。然而我的厄運只使我變成了一個無用的人。反正我既不能為自己也無法為別人做點什麼，於是我乾脆不做。這種狀態，因為是不得已而為之，因此也是無可指責的。它使得我可以無從愧疚地全心投入到自己本性的喜好中，從而讓我品嘗到一種甜美。也許我是做得有些過分了，因為我避開了一切可有所行動的機會，甚至我察覺到某些行動只會帶來益處，但是我很清楚人們絕不會讓我看到事情的真實面目，於是我一直避免從事物的表象去判斷它們，不管用什麼詭計去遮掩那些真實意圖，我都能識破這些騙人的動機。

似乎自童年時代起，命運已為我布下了第一個陷阱，這使得我在日後相當長的一段時間裡十分輕易地就落入隨之而來的所有圈套。我生來就容易相信別人，並且在整整四十年間，對這份信任從來沒有過絲毫懷疑。突然就掉進另一個世界的人和事裡，我上了千次萬次的當仍未有所覺察，甚至二十年的經歷也難以讓我看清自己的命運。可一旦明白過來在人們不加吝惜地給予我的這一切偽善的表示中，有的只是謊言和虛偽，我便迅速滑向了另一個極端：因為人只是不依從自己的天性，就不再有什麼可以約束住他的界限了。從此以後，我討厭人類，而正是在這點上我的願望與他人的願望取得了一致，我打心底裡要遠遠避開他們，這種距離已不是僅僅出於他們的陰謀詭計了。

無論他們再怎麼做都是徒勞，我對他們的反感永遠也不會發展為強烈的嫌惡的。想到他們為了拴住我，自己也不得不處處受到我的牽制，我真是很可憐他們。他們才是真正不幸的人。每當我回到自我之中，我就覺得他們很值得同情，也許我之所以能這麼想還包含有驕傲的成分在裡面，我覺得自己不屑去恨他們。他們充其量只配得上我的蔑視，根本不可能發展到仇恨這一步：歸根結底我實在是太愛自己了，所以不論是誰，我都不會恨他的。恨一個人，那是壓制、縮小自己的存在，而我，我還想將自己的存在擴延到無限宇宙裡去呢。

我寧願逃避他們也不願去恨他們。一看到他們，我的感官便深受刺激，周圍那麼多殘酷的眼神都印在我的心裡，讓我覺得不堪重負。然而一旦引起這份不快的緣由不存在了，這份不快自然也隨之消散。我為他們煩神，只是因為他們出現在我面前，我沒法不去煩，但我從來不會去想他們而惹自己心煩。假若不再看見他們，他們對我而言則好像根本不存在似的。

往往只有在事關自身時，我才覺得他們真的是無足輕重的；因為倘若牽涉到他們之間的關係，他們倒還能使我為之關注、為之激動，就彷彿是看戲裡的人物。除非我這個人所有的道德理念都泯滅了，否則公正對我而言永遠不可能無關緊要。邪惡和不公正的場景依然會使我怒火中燒；而美德的行為，如果沒有任何炫耀賣弄的成分，總能使我歡喜得直打哆嗦，甚至流下溫熱的眼淚來。但一切必須是在我親眼目睹之後，因為在經歷了自己這些事情後，再教我憑藉他人的判斷接受什麼，或是根據他人的信仰來相信什麼，那除非是我失去理智了。

如果對於我的外形外貌，人們也能像對我的性格本性一般無所知曉的話，我仍然可以毫不痛苦地生活在他們當中。只要我在他們看來完全是個陌生人，他們的社會圈子甚至還能取悅於我。我會沉浸在自己的本能喜好當中，假使他們不管我，我還會蠻喜歡他們的呢。我會對他們持有一份普遍的、不偏不倚的仁愛，但是這份仁愛絕不會演變成某種特殊的愛戀，而且我也絕不會給自己套上義務的枷鎖，因此他們出於自私、或受限於條條框框不得不絞盡腦汁做下的一切，我都能輕鬆自如地以其人之道還治其人之身。

如果我仍然是自由的、無名的，仍然是孤身一人，就像我以前一直努力想做到的那樣，我真的只會做好事。因為在我的心裡實在連一點惡念的萌芽都沒有。我如果能避開眾人目光，能和上帝一樣威力無邊，我一定是像上帝一樣善良的施惠者。正是力量和自由鑄就了偉人，而軟弱和奴性只會使人墮落。如果我擁有吉瑞斯的指環[36]，它一定能將我從他人的束縛中解放出來，並且使別人都歸於我的麾下。我經常會問自己：在西班牙那座城堡裡，我該拿這枚指環來做些什麼呢？因為濫施淫威的企圖正是這樣會應權力而生。我將是自己的主人，能滿足自己的欲望，能為所欲為而不會被別人欺騙愚弄，這樣我還會希冀些什麼呢？只有一樣，看到所有的心都很快樂。眾人的歡樂是惟一能以不渝摯情觸動我心的，而為此獻身的強烈願望亦會是我不變的激情。我會永遠公正，不偏不倚，我會永遠善良而不軟弱，這樣我也不會對人產生盲目的猜疑和無比的仇恨。因為倘若能看清人的本來面目，能輕易揣透別人內心的想法的話，我也許很少會覺得別人真就好到值得我全心去愛的地步，也很少會覺得別人真就壞到值得我全心去恨的地步，甚至他們的惡意倒叫我對他們抱有些許憐憫之情了，因為我很清楚他們意欲損人的同時也傷害了自己。也許在某些歡愉時刻，我還滿懷稚氣地成就了什麼奇跡呢，然而這奇跡絕不會是出於偏袒私利。我的自然喜好便是我行動的準則，在某些有關嚴肅正義的行為案件上，我便會秉公決斷，寬大處理。那樣，作為上帝的使者和其法則的代言人，我會在我的權力範圍內，創造出比《聖徒傳》[37]中所記載的或有關聖美達墳墓的奇跡更為智慧、更為有用的奇跡。

只有在這點上，遁身術的確對我極富誘惑，並且這種誘惑還真難以抗拒呢，而我一旦誤入歧途，又怎會不被這種誘惑牽著鼻子走呢？與其炫耀自己不為利所誘，或者說是理性阻止我在致命的歪道上滑下去，還不如承認我對本性與自我還不夠了解。在別的事情上我對自己很有把握。惟獨在這一點上我頗感不安。一種超常的能力應當超越人性軟弱的，否則這種超常的能力只能使之比常人猶不及，使之比自己不具備超常能力時猶不及。

36 傳說中吉瑞斯（Gyges）擁有一枚隱身指環，能讓人看不見他。

37 Jacques de Voragine（1225?–1298）所著，該書記載聖徒生平的奇跡異事。

思前想後，我想乘我尚未做出傻事前，還是儘早把指環扔掉為妙。如果人們非要歪曲地來看我，如果我的面容總要挑起他們不公正的欲望，那我就逃開他們好了，免得他們眼見心煩，但不應該是我要從他們中間消失掉，而應該是他們藏身不現，是他們該省一省陰謀詭計，該避開曙光，像鼴鼠一般在地下過活。對於我來說，如果他們還能看到我，那就隨他們去看好了，只是這根本不可能了。在我身上他們再也看不到那個讓他們任意擺弄、任意洩憤的尚－雅克了。如果我還被他們看待我的方式影響，那可真是我的錯。我根本不該對此有所關注，因為他們看到的根本不是我。

從這番思考中我得出的結論是：我從未真正屬於過這個滿是障礙、義務、責任的世俗社會，我獨立的本性使我永遠無法適應作為一個在群體中生活的人所必須接受的制約。在我能無拘無束地行動時，我是善良的，只會做好事。但只要我察覺到了束縛的存在，也無論這束縛是出於自身的需要還是來源於他人，我就立即變得反叛起來，甚至還會強得要命，於是我便成了一個無用的人。如果必須違心地去完成一件事，不管它會引起什麼樣的後果，我也不會去做。甚至我也不會按照自己心願去做事，因為我太軟弱了。我不再有所行動：我的行為往往是出於我的軟弱，我所有的能量又是如此消極無用，我所有的罪過由此便都是源於疏漏，而很少是明知故犯。我從來不認為自由就是隨心所欲，而應在於可以不做自己不願做的事，這恰是我一直要求的權利，通常情況下我只能有所保留。而正因為這個要求，我在同代人的眼裡就成了無恥之徒。他們如此活躍、好動、野心勃勃，他們討厭在別人身上看到這種自由，自己亦不需要，只要能時不時按照自己的意願行事或凌駕於別人的意願之上，他們就會終其一生來做他們自己也覺得反感的事，並且為了發號施令不惜一切卑鄙手段。因此他們不是錯在將我視做無用之輩從社會裡隔離出去，錯就錯在將我視做害群之馬把我從社會裡驅逐出去。因為我承認我的確沒做過什麼好事，然則在我一生之中，我從未有意從惡，我還真懷疑這世上有沒有人壞事比我做得要少呢。

漫步之七

Septième Promenade

長長的遐想錄才剛開了個頭，我卻覺得差不多要收尾了。取而代之的是另一種樂趣，我終日沉迷其中，甚至都沒有時間去遐想了。這其中有一種近似荒誕的戀意，我自己想起來就禁不住要笑。但是我仍然執著地投入進去，因為在我這種處境裡，已經沒有什麼行為準則可言，我將只自由自在地聽從內心的喜好。已無力改變自己命運的我，有的只是天真的戀癖，從今以後別人的評判對我而言根本是無關緊要的，故而最明智的莫過於在自己能力所及的事情上，只關注自己喜歡的東西，無論是在公共場合或是單獨一人時，我的興致便是我惟一的準則，反正就剩下這麼點氣力了，論起限制，亦不過如此。這樣一來，我所有的食糧就是乾草，所有的工作就是植物學。以前，也是已經進入了晚年的時候，在瑞士狄夫努瓦醫生倒是教過我一些植物學的皮毛，後來在飄零輾轉間，為了具備有關植物界的基本知識，我採集了不少標本。但彼時我已年屆六旬，到巴黎後便只過著深居簡出的日子，像採集標本這麼大活動量的事，顯然是精力不夠了。再說我又迷上了抄樂譜，不再需要任何別的工作，於是，我放棄了這個當時覺得無甚必要的興趣。我賣了標本，又賣了書，有時在巴黎附近散步還能看到一些常見的植物，我也就心滿意足了。在這段時間，我差不多把這點皮毛也忘得一乾二淨了，速度之快，還真不亞於我記它們所費的工夫。

可突然之間，到了六十五歲這個年齡[38]，儘管那點可憐的記憶已蕩然無存，儘管早就沒有氣力到鄉間漫遊，更沒有指導，沒有書籍，沒有花園，連標本簿也沒了，我卻再次狂熱地重拾這個愛好，且勢頭之猛，較之第一次尤甚[39]。於是我認認真真地執行起一項周密的計畫，要將穆萊[40]的〈植物界〉熟記在心，並且認遍世上所有的植物。我可不打算再買什麼植物學的書，所以準備將借來的書逐一謄抄整理，同時我想做一個比上次那冊還要豐厚的標本簿，不僅要容納進所有海洋植物和阿爾卑斯山的植物，還要包含所有的印度樹種。我總是著手從海綠、雪維菜、玻璃苣、千里光開始，在鳥籠裡採集標本，這主意可謂不乏高明，每每又發現一株以前不太認識的小草，我便會興高采烈地自語道：瞧，又多了一樣呢。

38 一七七七年六月二十八日盧梭滿六十五歲。
39 指一七六四年。盧梭於一七七二至七三年間在巴黎重拾採集植物標本之樂。
40 穆萊（Murray）：瑞典博物學家，曾為利內的《自然系統》作拉丁文序，題為〈植物界〉。

我並不想為自己這番隨心所欲作什麼辯解，只是覺得應該說是很合乎理性的。我以為就目前狀況而言，投身到使自己愉悅的樂趣中不愧是明智之舉，甚至可以說是極其高尚的德行。這是一種使心中一切報復或仇恨的意念得以泯滅的方式，因為命運如我，只有在剔除了本性裡所有怨氣的條件下才有可能找到點什麼愛好。我這也是在以自己的方式報復那些迫害我的人，我覺得對他們最為嚴酷的懲罰，莫過於不予理會、自行其樂。

是的，也許理智准許我，甚至可以說是要求我投身到這吸引著我的愛好中，也沒有任何阻力妨礙我那麼做。但我的理智並沒有告訴我為什麼這種愛好會如此強烈地吸引我，在這項無所收益亦無所謂進展的研究中，究竟又是一種什麼樣的魔力，使得我這樣一個衰敗遲鈍、絮絮叨叨、喪失了所有能力和記憶的老頭竟從事起這類年輕人的工作，學習起這類小學生的課程來了呢？而這正是我也想對自己有所交代的怪異之處。很明顯，我感到這項活動能為我餘生所致力的對自我的了解帶來一些新的啟迪。

有時我會思慮得很深，但從來沒覺得這樣做有什麼樂趣，恰恰相反，往往這根本不是我心所願，甚或是不得已而為之的。遐想會使我得到休息，得到消遣，而思慮卻使我疲憊不堪、悲苦不已，對我來說思慮始終是一件沉重而無趣的工作。有時我的遐想會以思慮而告結束，但更多的時候，則是思慮到最後全都變做遐想，我就那樣岔開去，心靈插上想像的翅膀，在無邊宇宙裡遊蕩翱翔，那種心醉神迷的感覺，真是超過了世間所有的享受。

在我品嘗著這份無比純真的樂趣時，其他任何事情對我而言的確都是那麼索然無味。可我一旦出於某些莫名其妙的衝動投身到文學事業裡，我馬上覺出這種腦力勞動著實是夠累人的，可悲的名聲給人帶來的只有不幸，與此同時我便感到我那甜美的遐想在日漸枯竭和淡漠，不久我就被迫擔心起自己的悲慘處境來，再也尋不到在以往的五十年裡取代了榮耀和財富的那一種心醉的感覺。而正是憑著這份感覺，我僅僅用時間的代價就閒適地成為芸芸眾生裡最幸福的一個了。

我甚至還擔心在遐想時，我那被一連串打擊震懵了的想像力會轉而鑽進不幸裡去了，那綿綿不絕的痛苦會漸漸攫住我的心，使之不堪重負。在這種狀況下，出於本能，我自然而然會避開一切令人悲傷的念頭，於是我強迫自己的想像力平息下來，將注意力集中到周遭的事物上，這也是我平生第一次那麼樣細細地欣賞大自然，一直到那時為止我對大自然的觀察還僅限於整體全面的印象呢。

各種植物是大地的飾物，大地的衣裝。的確，再也沒有比那入眼處只有石頭和泥沙的光禿禿的不毛之地更為悲涼的畫面了。然而在小溪流水和小鳥歌聲中披上了婚紗的生機盎然的大地，它奉獻在我們面前的，是自然三界的和諧，是生命歡騰、收穫遍野的嬌媚鮮妍的景象，是世間惟一百看不厭、百感不倦的景象。

一個冥思者，愈是有一顆敏感的心，就愈是容易投身到與之有感應的境界中去。甜美深沉的遐想控制了他所有的感官，他陶醉迷失在這片廣袤天地裡，自覺已與天地相融。於是在他眼裡再也沒有個別事物的存在，他所看到的，感受到的，就只是這一整片天地。而如果要他一部分一部分地欣賞這個他竭力一覽無遺去看的宇宙，則必須有某種特殊的狀況來限制他的思想和想像。

這正是我的心在瀕於絕境時所作的自然反應，它將所有的注意力都轉移集中到周遭的事物上，以保留在日漸加深的沮喪中幾近熄滅揮散的那點熱情餘燼。我成日在山林間漫不經心地遊蕩，就是害怕自己的痛苦再度被挑起來。我不願把想像力運用到那些引發痛苦的事情上，於是就讓自己的感官沉醉在周圍這些雖然微小卻不乏甜美的東西裡。我的眼睛不停地從這裡轉到那裡，在這變化無窮的天地裡，恐怕再也找不到更為專注、更為執著的目光了。

我喜歡這種眼睛的重構，在不幸之中這種重構能讓我的精神得到休息、娛樂和緩衝，讓我不再那樣為痛苦所折磨。在很大程度上，是這萬事萬物的自然屬性幫助我從自己的痛苦中脫出身來，並且使得這份消遣顯得魅力無窮。沁人的芳香、鮮豔的色彩、雅致的外形，都好像是在爭先恐後地引起我們的注意。只要是懂得享受這份樂趣的人，就自然會沉浸在如此甜美的感覺之中，而如果說有人身處其中卻無法體味到什麼的話，那則是因為他們缺少一份對大自然的感應，而且腦袋被別的念頭填得太滿，這些觸及感官的東西對他們來說便只能是浮光掠影。

有些品位不俗的人也不太注意植物界，其中還有另外一個原因，這就是他們僅僅習慣於將植物視做藥品藥劑的來源。德奧法斯特[41]對此倒是持不同看法，這位哲學家也該算是古代惟一的植物學家了，正因為如此他幾乎不為今人所知。然而可虧了那位名叫狄奧斯克里特[42]的偉大藥典編纂家以及他後世的闡釋者們，醫學控制住了整個植物界，植物便精簡成了根本與植物本身無關的東西，亦即張三李四得意揚揚地賦予它們的所謂藥性。人們由此便認為值得注意的不該是植物結構本身。那些成日裡做高深狀拾掇藥瓶藥罐的人根本瞧不起植物學，照他們的說法，如果不研究植物的效用，那植物學就是一門無用處的學科，也就是說我們必須放棄觀賞大自然——雖然大自然很少欺騙我們，也從來沒有說過諸如此類的話——而去相信所謂的人類的權威。但正是這些權威才是謊言的締造者，他們叫我們相信他們的話，憑藉他們的話去認定很多東西，可他們的話往往又是建立在別的權威之上的。若你在一塊色彩繽紛的草地上停下來，細細觀賞那美麗燦爛的花朵，看到你的人準保把你當做是江湖郎中，還要向你討草藥去治孩子的疥癬、成人的疥瘡或馬的鼻疽呢。

這討厭的偏見在某些國家早已不復存在了，尤其是在英國，多虧了利內，他著手將植物學從藥物學派中分離出來，賦予它在博物學和經濟學上的新意義。然而在法國，這項研究尚未被世人接受，人們依舊停留在那種落後的觀點上，以至於一個教養良好的巴黎人，在倫敦看到一座植物愛好者的花園裡種滿了奇花異草，他最多會讚歎地嚷上一句：這個藥劑師的花園可真夠美的！照這種說法看來，亞當該算是第一位藥劑師了，因為很難想像還有比伊甸園更為繁麗多彩的花園。

這些藥用的觀點當然無法使植物學成為一項有趣的研究。它們只會使綠茵失去光澤，花朵失去鮮妍，樹林失去清新，連自然的蔥蘢、樹影的搖曳都會變得淡而無味、令人厭煩。而那些只知道把草藥放進缽子裡研碎的人，當然不會對雅致動人的自然構成有什麼興趣，當然不會在用來灌腸的草藥裡找尋牧羊女的花冠。

所有這類藥劑之說絕不會玷污我心中的田園風情，那是一幅沒有一點點湯藥和膏劑影子的圖景。看著附近的田野、果園、樹林以及各種植物，我經常會把植物界想成是大自然贈予人類和動物的一座食品店。但我從來沒有想過要在這裡找尋什

41 Théophraste，西元前三世紀哲學家，柏拉圖和亞里斯多德的學生，著有《植物研究》（*Caractères*）、《植物探源》（*Histoire des plantes*）等。

42 Dioscoride，西元一世紀學者，崇尚植物藥用性。

麼藥品。在大自然豐富多樣的產品中，我倒未曾覺得有哪一樣是在向我表明它有這樣的用途，而即便大自然真的規定它有這樣的用途，那也是一種可供選擇的用途，宛如它的可食性。我甚至覺得，我正其樂融融地在林間流連漫步之時，倘若非要叫我去想什麼發燒了、結石了、痛風了或是癲癇之類的疾病，那真會活倒了興致。儘管如此，我倒不是要在植物的醫藥效用上與人爭執，假定這些效用都是真的，那讓病人那麼久治不愈，豈不是純粹在惡作劇嘛；因為諸項人類疾痛，還沒有一種是用了二十種草藥仍無法根治的。

我從來沒有過這樣的思想傾向，要將所有一切都與物質利益掛鈎，到處找好處，到處找救藥，而如果沒有利益可言，就總是帶著那麼一種冷漠的態度看著整個大自然。在這一點上，我和其他人恰恰相反：所有那些滿足我需要的東西只能使我悲哀，使我的精神墮落，只有在把肉欲拋諸腦後時，我才能找尋到真正的樂趣，儘管我是相信醫學的，儘管這樣的藥品確實能發揮安定作用，然而只要想到與自己的肉體有著某種關係，我就無法再品味到這種單純的欣賞所帶來的快意，我的心就無法再陶醉在大自然中喜不自勝。另外，過去與其說是對醫學有很大的信任感，還不如說是對自己所尊敬、所愛戴的醫生一直是滿懷信任的。

我將自己這副軀殼交給他們，任由他們去全權處理。我花了十五年的時間來弄明白這一切；現在我只聽從大自然的法則，身體倒是恢復了。即便醫生對我沒有什麼別的不滿，只是出於這一點，他們對我滿懷仇恨也不足為怪了。因為我就是活生生的證明，可以證明他們的醫術不過是自誇的海口，而所謂的治療實際上根本沒有多大效用。

不，從來沒有任何個人的東西，沒有任何與我肉體有關的東西能真正佔據我的心靈。我只有在忘卻自我時才能甜美地沉浸在冥思遐想裡。我感到一種無法言喻的心醉神迷，一種無法言喻的極致的歡樂，我好像融化在生靈萬物之中，與整個大自然渾然一體。以前我把人類都視做兄弟，我也曾以世俗的快樂為快樂，做一些這方面的計畫，由於這種計畫較之整體而言總也是相對的、不完全的，所以我認為只有在公眾的快樂中才能找到自己的幸福。我從來無意去找尋個人的幸福，一直到發現我的兄弟們竟把他們的快樂建立在我的痛苦之上；後來是為了遏制自己對他們的仇恨，我必須避開他們，於是我躲進我們共同的母親的懷抱，在她的臂彎裡以逃避她其餘的孩子對我的迫害，我成了孤零零的一個，或者就像他們說的那樣，變得不合群了，變得憤世嫉俗。因為對我而言，與其生活在一群只知道背叛與仇恨的惡人當中，還遠不如生活在深深孤寂之中呢。

我被迫不再思考，省得又不由自主地回想起那些痛苦的往事；我被迫克制住剩下那點不乏迷人之處、但已無甚精采的想像，因為到頭來這些想像還是免不了在不安中受到驚駭的結局；我被迫忘卻那些用那麼多陰謀詭計來壓垮我的人，我害怕憤怒會使我對他們日益惡毒起來。然而就是這樣，我也不能把全部注意力集中到自己身上，因為我那顆外向的心，雖然歷經磨難，還是忍不住要將它的情感、它的存在推廣到別人身上；我也不能再像過去那樣，埋首於大自然的海洋裡，因為我的智慧在日漸衰竭，日漸鬆懈，根本無法再找到明確、固定、可及的目標讓我深深為之癡迷，況且要想在從前令我喜不自勝的無緒世界裡暢遊一番，我的精力已經明顯不夠了。我已經差不多沒有思想了，只剩下一點感覺，而我的理解力也只局限在周遭最近的事物上。

我遠遠避開人群，尋求孤獨，我不再夢想，也不再冥思，然而我生來便是那種性情活躍的人，根本無法做出頹廢、沮喪的冷漠態度，於是我開始關注所有身邊的事物，並且出於一種十分自然的本能，將目光投向了最為賞心悅目的東西。礦物界本身沒有什麼可愛迷人的地方。也許是為了避免誘發人類的貪欲吧，它那豐富的寶藏被包裹在大地裡面，非人類視線所能及。它們的存在是一種儲備，人心日益墮落，對伸手可及的真正財富失去了興味後，它們便權作一種補充。到那時，人為了擺脫貧困，就不得不借助於他的技藝，不得不辛勞工作。他得掘地三尺，挖去地球的內臟，他得冒著生命危險，甚至以健康為代價去找尋想像中的財物，而原本只要他懂得珍惜，大地早將真正的財富賜予他了。他得避開不再屬於他的豔陽和曙光，把自己深深活埋，辛勤勞作，因為他根本不配再在光明中討生活。在那兒，有採石場、豎井洞、鍛鐵爐、木炭窯、鐵砧、汽錘這類工具，或者是煙、火，這一切替代了怡人的鄉間耕作。那些在礦下惡臭裡日漸消瘦的悲苦面容，那些黑糊糊的鐵匠，那些可怕的獨眼畸胎都是地下礦場的產物，就是這些取代了綠樹、鮮花和藍天，取代了相戀的牧羊人，取代了看起來是那麼強壯的農夫。

我承認，要想外出撿點砂石，裝滿口袋或填滿陳列館，裝出一副博物學家的樣子，這的確是件很容易的事，然而僅僅熱衷於這類收藏的人通常是無知的闊佬，他們只滿足於這種裝點門面的樂趣而已。若想真正在礦物研究上有所造詣，那必須是個物理學家和化學家，必須做上大量繁重、辛苦、代價昂貴的實驗，必須在實驗室裡、在窒人的煙塵裡冒著生命危險，通常還要損害自己的健康，把大量的時間都砸在那些煤炭啦、坩堝啦、鍛爐或者蒸餾瓶上。而這種淒慘累人的工作，到頭來卻往往是空驕傲一場，哪裡又有多少知識可言呢？而有哪一個平庸的化學家不是憑著偶爾間發現的一點雕蟲小技就自以為解開了大自然的所有奧祕了呢？

動物界無疑較易為我們掌握，也無疑是更值得好好研究一番的。但是這種研究不也是困難重重、令人反感、令人窘迫，甚至令人痛苦的嗎？尤其對一個孤獨者而言，無論是嬉戲還是工作，他都無法指望會有人與之共同分擔。這樣他又怎麼去觀察、去解剖、去研究、去了解天空中飛翔的鳥，水裡面遊戲的魚？還有那些比風都輕捷、比人都強壯的走獸，我若不跟在後面跑，不用武力去征服牠們，牠們又哪裡肯乖乖送上門來供我研究呢？也許我可以研究蝸牛、蛆蟲或蒼蠅，可以成日跟在蝴蝶後面氣喘吁吁地追跑，可以屠殺那些可憐的昆蟲，如果能逮到老鼠什麼的，或者最好是偶爾發現幾具血淋淋的動物屍體，還可以作一次解剖。離開解剖自然就談不上動物研究，正是通過解剖人們才能將之分類，區別出牠們的種類與屬性。而若想透過牠們的習性和特徵來研究牠們，則必須擁有鳥欄、魚塘乃至動物園，就必須用某種方式把牠們限制在我的周圍。我是既沒有興趣也沒有辦法把牠們囚禁起來，可牠們自由馳騁時，我又沒有精力跟在牠們後面跑。於是便只有研究牠們的屍體了，將之肢解、剔骨，興致勃勃地在牠們跳動的內臟裡挖掘！這是多麼可怕的場面啊！解剖室裡那腐爛的屍體，那模糊慘白的肌肉，那血水，那令人作嘔的腸子，那可怖的骨骼，還有那惡臭！說實話，尚－雅克絕不會在這種事上找到他的樂趣。

明豔的花朵、繽紛的草地、清新的綠蔭、自然的蒼翠、小溪流水、灌木叢林，快快來幫我洗淨那已被種種醜陋玷污了的想像力吧。我的心從惡風惡浪裡翻滾過來，已瀕於麻木，只有最敏銳的東西才能觸動它。我僅僅剩下了一點感覺，可也惟有通過這點感覺，我才能體味出塵世裡的悲歡。我被身邊的這些迷人的東西深深吸引了，我細細端詳，慢慢欣賞，一一比較，最後我終於學會了分類。這樣，為了不停地找出新的理由保持自己對大自然的鍾愛，我開始對大自然進行研究，就是出於這種需要我才在突然之間成了一個植物學家。

我並不是想學到些什麼，已經太晚了。再說我從來不認為知識太多能讓自己得到幸福生活。我只是想找一些消遣，可以排遣我的痛苦，可以讓我不用費力就能品嘗到一種甜美而簡單的樂趣。我無須花什麼錢，也無須花多少精力，就可以在花花草草間信步漫遊，將它們逐一看過，比較它們各自的特性，發現它們的相似之處或不同之處，還可以觀察它們，追隨這些生命機體的運轉和活動，有時還能成功地找出它們的普遍法則，從而發現它們結構不同的原因和結果呢。如此我就任憑自己滿懷謝意地陶醉在這只使我得以享受這一切的生命之掌中。

跟滿天星斗一般，植物也彷彿是被大量地播撒在大地上來誘發人們的好奇，誘發人們研究大自然的興趣，然而星球離得太遠，要想靠近它們得借助種種儀器、機械，必須借助很長很長的梯子。可植物是自然存在著的，它們就在我們腳下生長，甚至可以說是在我們手中生長，而如果說有時它們的某些部分實在太小，肉眼看不太清的話，借助一些工具將之放大可比使用天文儀器要容易得多。植物學是一個悠閒懶散的孤獨者的專業。一枚釘子、一個放大鏡便是植物學家所需的一切工具。他從容漫步，自由自在地從一個目標轉向另一個目標，出於興味和好奇，他仔細觀察每一朵花，而一旦探尋到它們在結構上的共同法則，他從中毫不費勁品嘗到的這份樂趣，較之那種以昂貴代價換取的樂趣卻絕不遜色。人們只有在情欲完全平息下來以後，才會發現這份悠閒的魅力所在，因為這正是使生活趨於幸福甜美的惟一必要的條件；可是，只要這裡面摻雜了某種功利因素或虛榮心理，比如說是為了謀得一個位置，為了寫一本書，反正只要是為了教育他人而學習，為了成為作家或教授而去採集標本，那麼所有這些甜美的享受便煙消雲散了。這些植物就會成為用來滿足情欲的手段，我們就再也無法在研究它們的過程中得到任何真正的樂趣，我們就不再是為了求知而只是為了賣弄自己的本領。這時樹林也彷彿成了塵世的舞臺，我們在意的只是如何博得他人的欣賞。要麼就是那種只限於溫室，至多也不會超出花園範圍的植物學，我們無須到大自然中觀察植物，我們操心的只是體系和方法，亦即我們用來各執己見、一成不變的東西，既無益於多認識一株植物，也不會對博物學或植物界有所貢獻。於是植物學家與其餘學者無異，相互之間便是仇視、嫉妒或追名逐利的關係。這項可愛的研究由此味兒全變了，它被移植到城市裡、學院裡，就好比是收藏家花園裡種滿的異國植物，根本就是一種蛻化。

某種特別的情懷使我把這項研究看做是一種愛好，是它填補了以前諸類愛好離我而去後留給我的一份空虛。我攀山越嶺，進入峽谷幽處，就是想要盡力忘卻人類，忘卻惡人們給予我的種種打擊。我覺得自己在樹影搖曳間被世人遺忘了，我是那麼自由自在，那麼心境平和，好像根本沒有什麼敵人似的，反正樹葉將我的記憶推遠，因此也就遮護住我，讓我不再遭受他人迫害。我甚至還傻乎乎地認為我既然不再去想他們，他們肯定也不會再想到我。我就在這樣的錯覺中體味到一種莫大的溫馨感。如果我的處境、我軟弱的性格以及我對生活的需求許可的話，我真會聽憑自己沉溺於這種錯覺裡。我愈是孤寂，就愈需要某種東西來充填這種空虛。人類無法再行強制的、大地的自然產物從四面八方躍入我的眼簾，正是它們取代了我的想像力所不願去設計、我的記憶所不願去引發的東西。我樂顛顛地跑到荒漠地帶去找尋新的植物，因為這樣就能遠遠避開那些迫害我的人了，在杳無人跡的地方，我暢懷呼吸。這真像是不再被仇恨浸淫的避難所啊。

我終生都不會忘記那一天到克拉克法官的奧貝拉山莊附近採集標本的場景。我獨自一人走在山間的羊腸小徑上，穿過一片片叢林，越過一塊塊岩石，最後我在一個十分幽僻的地方停下來，一生之中我再也沒見過比那裡更荒涼的地方了。在那裡，黑色的松樹和巨大的山毛櫸枝葉糾結，不少樹還因為年代久遠，倒在地上，彼此交錯著正好遮住這個壁凹，形成一道不可逾越的屏障。屏障另一邊的黑影偶爾被隔斷，岩石直削下去，是我趴在地上才敢望一眼的懸崖絕壁。山谷的罅隙間不時傳來貓頭鷹、鳥和海雕的叫聲，幸好偶爾會有一些可愛的小鳥低聲吟唱，稍稍緩解了這裡的空寂與荒涼。我就是在此地發現了七葉石芥花、仙客來、鳥巢花、大株的拉澤花以及另外一些讓我為之狂喜了很久的植物。可我真是完完全全被周遭這些東西感染了，植物學，甚至植物本身都被我拋到了腦後，我就坐在石松的傘菌上，坐在苔蘚間縱情遐想起來，我以為自己是在一個與世隔絕的避處，再也不會被那些迫害者搜尋到了。而且這遐想中還摻雜著某種驕傲之情。我自覺完全可以和那些發現某個荒島的旅行家們相提並論，於是洋洋自得地咕噥著：我一定是第一個進入這片天地的人；我幾乎把自己當做是哥倫布第二了。可我正這樣想的時候，忽然聽見不遠處傳來一種我覺得挺熟悉的聲音，叮叮噹噹的。我側耳傾聽，同樣的聲音反復不絕，而且頻率愈來愈快。我有些吃驚，好奇地站起身來，穿過一片荊棘叢生的灌木林，向聲音傳來的地方走去。就在距離我剛才還認為是初次被征服的那片領土僅二十來米的地方，下面竟然是個手工工廠！

我發現它時心中那一種複雜矛盾的滋味真是難以形容。起先我有一點點高興，因為本以為孤單一人的我，此時又回到了人群之中。但這縷興奮去得簡直比閃電還要快，隨之而來的是久久的痛苦。原來就算是在阿爾卑斯山的岩洞裡，我依然無法逃脫以折磨我為樂的毒手。我當時真覺得，就在這座工廠裡，沒有參加過蒙莫蘭牧師領頭的那場陰謀[43]的人，恐怕連兩個都不到，我還幾乎肯定是蒙莫蘭牧師把他的別動隊從遠處給拉來了。我趕緊驅開這種陰鬱的想法，到最後，我不由為自己那點可憐的虛榮心，為這份虛榮心竟遭到如此滑稽的懲罰而感到好笑了。

但是，說句實話，誰又能料到會在絕壁之中發現一座工廠呢！也只有在瑞士才有這種原始自然與人類工業的魚龍混雜。而整個瑞士，如此說來也彷彿一座巨大的城市，有著比聖安東尼街還要廣闊、還要漫長的大道，其間森林遍布、山脈橫陳，一座座英國式的大花園將零零落落的房屋連接起來。說到這裡我又想起還有一次，那是前不久，杜．貝魯、德斯切尼、皮利上校、[44]克拉克法官和我到夏斯隆山去採集標本。我們一直爬到山頂，也就是在那兒我們發現了七湖[45]。聽說山上只有一幢房子，倘若不是人們事先告訴我們房子裡住著個書商[46]，我們是絕對猜不到房主的職業的，而且據說這個書商生意做得還不壞呢。我覺得這件事足以比任何一位旅行家的描述更能地道地說明瑞士這個地方。

還有一件性質相同或者說是相類似的事情，可以讓我們對某種非常特別的人有個不壞的了解。那是我住在格諾布林[47]的時候，我經常到城外逛逛，採點小標本回來，那個地區的律師包維埃先生總是陪著我，倒不是因為他也喜歡並精通植物學，而是因為他自認為是我的警衛，所以有義務寸步不離地跟著我。有一天，我們在伊采爾河岸附近長滿刺柳的地方散步，我看見樹上的果子都熟了，便好奇地想嘗嘗味道。果子帶一種恰到好處的微酸，我就把它當清涼食物吃了。包維埃先生立在一旁看著我，他沒吃，也沒說什麼。這時，他有個朋友突然過來了，看見我正在起勁地吃著這些果子，便說道：「哎！先生，您在做什麼呢？難道您不知道這果子是有毒的嗎？」「這果子有毒？」我驚訝地叫道。「當然了，」他繼續說，「誰都知道它有毒，所以沒有一個本地人會去吃。」我看著包維埃先生，問道：「那您為什麼不提醒我呢？」「啊，先生，」他用一種非常恭敬的口吻回答我，「我

43 蒙莫蘭是盧梭住在莫蒂埃村時的牧師，盧梭認為後來那場石擊案就是他一手策畫的。
44 這些都是盧梭在訥沙泰爾邦時的朋友，貝魯是當地一位富商，德斯切尼是訥沙泰爾的一名作家。
45 也許這是盧梭記憶有誤，夏斯隆山上並沒有七座湖。但如作者自己所言，並不在意「時間、地點、人物」的真實。
46 這裡依舊為盧梭所誤，書商住在夏斯納山上，而不是夏斯隆山上。
47 Grenoble，位於法國東南部、阿爾卑斯山腳下的小城。

不敢如此唐突。」我笑了起來，這就是多菲內省人式[48]的謙卑，不過我總算停止吞食這些小點心了。我曾經以為，到現在也還相信，所有大自然贈予的可口食物都是無損於身體健康的，至少不食過量就不會有什麼問題。不過我得承認，那天剩下的時間裡，我十分關注自己的身體狀況，但我也沒有過分擔心，儘管我已經吞下了十幾二十枚可怕的小漿果，可晚飯也吃得很香，覺也睡得安穩，第二天一早起來還真精神抖擻，而第二天，格諾布林差不多人人都來告訴我這果子是有毒的，吃上一點就要死於非命。我覺得這件事蠻有趣的，每每回想起來，我都不禁要笑包維埃律師那種幾近怪誕的小心。

只要一看到在這些地方採集的標本，我馬上就會重新想起我為採集這些標本的所有旅行，想起所有這些給我留下了強烈印象的各個不同的地方，想起所有當時泛起的念頭以及所有穿插其中的趣聞軼事。是的，森林、湖泊、灌木、岩石，還有山巒，我再也看不到這動人心弦的旖旎風光了，我再也不會一一遊歷這些美妙的地方了，但我只要翻開我的標本簿，我又會被帶回到這些地方去。正是我採集的這些植物的殘片，讓我回憶起當時種種妙不可言的場景。對我來說，這不僅是一本標本簿，更是一本日誌，使我每次都能懷著新的激情再度重溫當年的一切，它有一種類似光學儀器的功能，能幕幕重現往事。

正是這條附帶的思想之鍊使我深深迷戀上了植物學。它為我的想像力喚起、注入的這些思想，使得我的想像力漸漸從驚駭中復蘇過來。我在這一切中所尋到的草地、流水、森林、孤寂，特別是安寧和休整，都借助這條鍊子，不停地在記憶中閃過。是它讓我忘記了人們對我的迫害，忘記了他們對我的仇恨、蔑視，忘記了他們的陰謀，忘記了他們加在我頭上用來報答我對他們的愛情的種種災難。是它讓我回到了靜謐的居處，生活在以前我曾與之共同生活的簡單而善良的人中間。也是它喚醒了我，喚醒了我的年輕歲月和純真樂趣，讓我再次得以消受這一切。也正是由於它，我儘管有著任何一個凡人都無法遭遇到的悲慘命運，卻能更經常地嘗到幸福的滋味。

48 Dauphiné，法國東部的舊省名。

漫步之八

Huitième Promenade

仔細想過自己在一生中各種境遇裡的心情，我感到尤為驚異的是，我那多變的命途，與這種命途通常所帶給我的歡樂或者痛苦的感受，竟是如此不相一致。各類短暫的榮耀幾乎沒有給我留下哪怕是一點點的深刻、持久的愉快記憶，恰恰相反，倒是在一生的重重苦難裡，我卻充溢著溫存、動人、甜美的情感。正是這樣的情感撫慰了我那顆欲碎的心的累累傷痕，將痛苦化為一種快感，日後我所能憶起的就只是一種快感，根本忘記了當時所經歷的種種苦難。我似乎只有在痛苦之中才更能體味到生命的和悅，也許應該說，由於命運將我的情感收緊，使之專注於自己的心，我的情感才不至於浪費到外界那些根本不值得人去珍視、那些自謂幸福的人所操心的事情上去，於是我才得以真正活過。

當身邊的一切都還在正常軌道上時，當我對這周圍的一切，對我生活的圈子還算滿意的時候，我對這個圈子真是傾注了滿腔愛意。我那顆外向的心總是要跑到別的事情上去，總是會被遙遙外界的千嬌百媚吸引住，癡迷不已，無意旁顧。從某種意義上來說我都忘了自己的存在，我全力投入到與自己毫不相關的事情裡去，心潮起落不定，人世滄桑盡嘗。而這風雨人生既沒有給我帶來內在的安寧，亦沒有讓我的軀殼得到休息。表面上我很幸福，可實際上我沒有一份感情是經得起推敲的，或者說是可以讓我得到滿足、別無他求的。我從來沒有對別人、對自己感到完全滿意過。塵世喧囂使我窒息，而孤獨落寞我又無法忍受，我必須時時更換位置，然而無論身處何地我都不自在。但彼時我處處受到款待，受到青睞和歡迎，總是得到他人的愛撫。我沒有敵人，沒有人對我懷有惡意或抱有嫉妒之心。人們總是為我效勞，我自然也以替他人效勞為樂，雖然沒有財產，沒有地位，沒有保護人，更沒顯示出什麼過人才能，我卻安然享受著生活給我帶來的這份好處，在我看來，可沒有人的命比我的還要好了。那時究竟還缺些什麼使我沒能成為幸福的人，我不曉得。我只知道我並不幸福。

而今，究竟我又還缺些什麼才能成為這人世間最不幸的人呢？人們為此可謂煞費苦心了。然而，即使是在這樣悲慘的處境裡，我也不會和他們當中最幸運的人把命換上一換，我寧願在這重重困苦中保持本我，也不願像他們當中任何一個那樣榮耀輝煌。淪落到孤身一人的地步，我真的只有用自身的東西來充實自己了，然而這個源頭卻是永不枯竭的，雖然我只是在枉然思考虛無之物，並且我那日益乾涸的想像與我那日趨黯淡的思想已無法為我的心再提供什麼養料，我還是完全可以自給自足的。不過問題是我這顆心為我的器官所阻隔遮擋，在這些巨大沉重的壓力之下日漸沉沒，再也不能像過去那樣精神抖擻地衝破包裹著它的那層細殼。

逆境強迫我們轉回頭來認清自己，而也許這正是大部分人覺得逆境無可忍受的原因。可對於我來說，我雖該為某些錯誤引咎自責，然而這些錯誤都不過是源於軟弱，於是我從自省中得到的只有安慰，因為我心中從未萌發過一絲惡念。

但是，除非是蠢物，否則又怎能無視他們為我布下的這可怖的處境而泰然處之，又怎能不因痛苦絕望而送了性命呢？我沒有死，沒有害怕，就我這麼一個最最敏感的人，卻是能夠無動於衷地看著自己所處的環境，不曾掙扎，甚至沒有作過什麼努力，我幾乎是帶著一種冷漠看著自己的。換了別人，恐怕誰都不會在這樣的狀況中無所畏懼。

我又是怎樣做到這點的呢？因為起初，我剛剛開始對這場自己早在不知不覺中捲進去的陰謀有所懷疑時，我還遠遠未能擁有這份平和的心境。這個新的發現著實令我震驚，我不知所措地對著這一切恥辱和背叛。又有哪一顆正直的心能預料到這一類的痛苦呢？只在罪有應得之人才會有所預見。我掉進了人們在我腳邊布下的一個接一個的陷阱，我憤怒、狂躁，甚至陷入一種譫妄裡，根本不知道自己在幹些什麼。我的腦袋完全被震亂了，人們依舊不停地將我推向幢幢黑影裡去，讓我看不見一絲光明，沒有任何支撐，沒有任何落腳之地，讓我再也抗不住這無邊的絕望。

在這種可怕的狀況下，如何才能平靜幸福地生活下去呢？我依然身處困難，並且比以往任何時候陷得都深，可我卻從中找回了安寧平和。我幸福平靜地生活著，看到那些迫害我的人無休止地只是在白白折磨自己，我真是覺得好笑。而我呢，我照過我的安穩日子，一心只念著花瓣、花蕊了。還有那些孩子氣十足的玩意兒，我甚至都沒想起過他們來。

這番轉變如何得來的呢？這是一個自然的、不易察覺的、毫無痛苦可言的過程。起初的那份陣痛的確是夠可怕的。我一直認為自己是受到別人的愛慕尊敬的，也一直以為自己配得上這一份敬仰和親近，可在突然之間我就變成了一個前所未見的怪物。我發現整整一代人都迫不及待地操起了這種看法，沒有說為什麼，也沒有一絲猶疑愧意，甚至我都無從得知這番奇怪的巨變之緣由。我拚命掙扎卻愈陷愈深。我非要迫害我的那些人說出個所以然來，但是他們總緘默不語。我久久地為這痛苦折磨著，無力自拔，真是想喘口氣了。可我依然抱有希望，我對自己說：「這樣一種愚昧的盲目，這樣一種荒謬的偏見，哪裡就可能控制住整個人類呢？總有一些有頭腦的人不會贊同這種胡言妄語，總有正直的靈魂會厭惡這類的陰謀和背叛。我要去尋找，也許到頭來我總能找到一個這樣的人。而此人一旦被找到，他們便會陷入困窘之中。」我的尋覓卻又是徒勞，我什麼也沒找到。這是個普天下的同盟，沒有遺漏，亦沒有逆轉的可能。我確信自己的餘生是要在這可怕的放逐中度過了，而且永遠不能看破其中的奧妙。

就是在這樣悲慘的處境裡，長期焦灼不安之後，我倒擺脫了似乎是命定的一份絕望，而得到了安寧、靜謐、祥和，甚至是幸福。因為每一天的生活都使我憶起快樂的前朝，我所希望的，也就是第二天能夠依然如此繼續。

這份置之度外又是源於何處呢？只有一個原因：這就是我學會了戴上我必然要戴

的枷鎖而不加抱怨。這就是如果說以前我還寄希望於成千上萬的東西、想要有所依附的話，在這些支撐一個接一個地落了空之後，我便只依靠我自己，這才最終得以恢復鎮定。我在各方壓力之下能趨於平衡，這是因為再也無所留戀的我，依附的只是自己。

當我激烈地抗議著某種公眾輿論時，其實我恰恰是將自己置於輿論的桎梏下，只不過自己沒有察覺到罷了。我們總是想要得到我們所尊重的人的尊重，而只要我還認為別人，至少說某些人是值得我看重的，他們怎樣評判我，於我而言就不可能是無所謂的。我覺得公眾的評判通常還算是公正的，但我沒有想這種公正乃是事出偶然，他們的觀點所依據的準則不過是他們的激情，或激情造就的偏見，甚至就算他們作出合理的評判，這評判也往往是建立在某種邪惡的原則上的。比如說他們會佯裝很欣賞別人的一項成就，可這絕非出於公正之心。他們只是要擺出一副不偏不倚的姿態，好在其他方面對同一個人進行肆意誹謗。

但是，我白白探尋了這麼長的時間，終於發現他們無一例外地固守著那種惡意創造的最不公道、最荒謬絕倫的思想體系，不肯放棄。我發現他們早已喪失了一切理智、一切公正之心。我看著整個一代人都似瘋了一般，被盲目的狂熱導向去全力反對一個從來不曾、也不願作惡的不幸的人。這時我明白過來，我再也找不到什麼公正之士了，我終於不得不熄滅所有的希望之燈，衝自己叫道：根本沒有這種人了。於是我才發現自己在這世上已孑然一身，於是我才懂得對於我來說，我的同代人不過是一堆機器，他們只在外力推動下做功，而我也只能憑藉運動法則來計算他們做的功。即便我還可以揣測到他們心中的某種意圖、某種激情，在我看來，這也不能為他們的行為作出什麼我可以理解的解釋。因而他們內心的思緒從此不再與我有任何關係。在他們身上，我看到的只是一群形狀各異的軀殼，一群在我看來早就失了一切精神的軀殼。

在我們所面臨的苦難中，我們所看重的，往往不是結果而是意圖。房頂落下的一片瓦也許會令我們傷得很重，但它遠不如一顆彈自惡手、目標明確的小石子更令我們痛心。打擊本身有時會落空，但惡意從來不會不達目的。在命運給我們的傷害中，最容易忍受的也許就是那種具體而微小的痛苦了，而當不幸的人們不知該將傷害歸咎何人時，他們就把它歸到命運的頭上，將命運擬人化，給命運添上雙眼和思想，這樣就好像是命運瞄準了他們似的。這好比說是一個輸了的賭徒，他不曉得該將自己的損失算在誰的帳上，簡直都要發瘋了，可他想像是命運在專門和他作對，在折磨他，於是他為自己的憤怒找到了發洩對象，便立即鬥志旺盛、精神飽滿起來，好與他臆造的敵人作個較量。但是一個聰明人，他知道他所面臨的這一系列災難，雖說沒有來由，卻必然是要承受的，他才不會有這類瘋癲的舉動。他會因痛苦而吶喊，但不會狂怒，也沒有憤恨。他只是被這種具體的痛苦折磨著，他所受的打擊根本不會摧毀他，因為沒有任何事情可以傷到他的心。

能夠做到這點已經不錯了，但我們可不能就此打住，因為這還不是全部。這只是將痛苦切除，但還沒有根除。因為根不是在與我們毫不相關的別人身上，而是在我們自己身上，我們正是要在自己身上下工夫才能將它拔除。這就是我在開始內省時感到迫切該做的事情。我的理智告訴我，想要對所發生的這一切作個解釋的念頭是很荒唐的，我也終於明白，這一切我無從了解、無從解釋的原因、工具和手段，對我而言根本不該有任何意義。我應將這命途上的所有細節視做純粹出於命運之手的鬧劇，我無須揣測它們的發展方向，也無須揣測它們的意圖或是道德上的動機。我只要服從就可以了，因為推理和反抗都無濟於事。而我在這世上惟一要做的就是把自己看成是一個完全被動的人，我可不該浪費那僅剩的一點用來承受命運的氣力去作徒然的反抗。這就是我對自己所說的，我的理智，我的心似乎都接受了這個說法，但我總覺得我的心還在嘀嘀咕咕的。這嘀咕又是從何而來的呢？我探尋著，終於找到了，原來是我的自負感在作祟，我的自負心被別人激怒後，正翻騰起來與理智作對呢。

發現這個的過程可不如想像的那麼容易，因為一個無辜的受害者一直是把他這個小人物的驕傲視做對公正的純潔無瑕的愛情。但真正的源頭一旦昭然，也就很容易乾涸，至少很容易改流了。自尊對於驕傲的靈魂來說，是最大的動力；而自負，因為容易讓人產生幻覺，喬裝改扮一下，一不小心就會被誤認為是自尊。但只要這種自欺欺人一被挑明，自負無處藏身，我們也就沒什麼好怕的了。我們雖然難以將自負就此完全消滅，至少我們可以比較從容地控制它。

我從來不曾太過自負，但當我躋身塵世，尤其是成為了一個作家時，這份造作的情感也曾一度被挑起來。也許與別人相比我還算好，但對我而言已經是相當可以了。我為此接受的慘痛教訓於是又將它限定回原來的範圍之內；開始它曾竭力與不公正作鬥爭，可到最後它對於不公正只剩下了蔑視之情。經過一番內省，它斬斷了外界使之愈來愈苛刻的一切，不再與他人攀比，也不再有所偏好，它只滿足於我的潔身自好，重新又變回到一份自愛之情。這樣，我的自負心還了它的自然本性，同時也將我從輿論的桎梏中解放出來。

從此之後，我就重新找回了靈魂的安寧，幾乎可以說是享受到一種至樂。因為在我們所處的這樣一種境況裡，使我們感到痛苦不已的正是這份自負。而當自負閉上了嘴，理智代而言之時，理智便會告訴我們，這些苦難遠非是憑藉我們自身的力量就能躲得過去的，這樣我們則可以欣慰一些了。甚至只要這些災難不是立即落在我們頭上，理智還能將它們化為烏有，因為只要我們不去煩心，就一定能避開最為尖銳的傷害。這些傷害對於從來不去念及它們的人來說，根本毫無意義。對於一個從不追究災難背後隱匿的罪惡意圖、只知道承受痛苦本身的人而言，對於一個從來不知道要去討別人的歡心以博取某種地位的自尊的人而言，冒犯、報復、虧待、陰謀或是不公正根本算不得什麼。無論人們用什麼樣的眼光看待我，他們都無法改變我；也無論他們有多大的能量，無論他們怎樣去布下一個又一個陰險的陷阱，無論他們做什麼，我都不予理睬，只管做自己的事。是的，他們對我的態度的確能改變我的現實狀況，他們在我與他們之間豎起的那道屏障，也的確剝奪了我在晚境中維持生計所需的一切物質和外援。連錢都變得沒有多大意義了，因為我不會用錢來買必要的服務，在他們和我之間，沒有交易，沒有相互幫助，沒有任何聯繫。孤獨一人置身於他們之中，我就是自己惟一的生之源。然而在我這樣的年齡，在我這樣的境況裡，這生之源也實在是太微薄了。這些災難當然是夠分量的，只是我已學會了如何平心靜氣地默默承受，它們也就失去了威力。我們真正感到確有所需的時刻畢竟不多。是預見和想像使之繁衍、膨脹，而也正是這條連綿不斷的思緒之鍊使得我們憂心忡忡，痛苦不堪。對於我來說，知道明天要忍受痛苦根本是毫無意義的，只要今天不受折磨我便一定會安靜下來。我幾乎不再會為想來日後所要經受的苦難而擔憂，我只會為現時親身體味著的苦難而難受，這樣一來，我的痛苦就所剩無幾了。只有在孤單一人臥病在床，沒有任何人為我操心掛慮時，我才可能會貧困潦倒、飢寒交迫而死。但只要我也不掛慮我自己，只要我也和別人一樣，聽憑命運捉弄我，這一切又還有什麼關係呢？特別是在這個年齡，學會用同樣一種漠然的態度來看待生命與死亡、疾病與健康、財富與窮困、榮譽與誹謗，難道說是件無關緊要的小事嗎？幾乎所有的老人都是無所不慮，而我卻是一無所慮。無論發生什麼事情，我都無所謂，可這份冷漠倒不是我的智慧結晶，它是我的敵人的傑作。我當然應該學會利用這些好處以補償他們給我帶來的痛苦。是他們使得我學會了處變不驚，而如果說他們是要不遺餘力地傷害我的話，倒是不意給了我一筆可貴的財富。如果我從未經歷過逆境，我會總是戰戰兢兢的，可現在我戰勝了它，於是我再也無所畏懼了。

就是在這樣的心緒裡，儘管我這一生可謂逆境重重，我卻始終可以持一份天性裡的漫不經心，就彷彿是在過著某種榮耀輝煌的日子一般。在某些短暫的時刻，我也許還會觸景生情地牽起往日種種痛苦焦灼的回憶，可其餘大部分時間裡，我的心都傾注在它為之吸引的種種愛好上，被它生就追逐的種種情感充填得滿滿的，而我便和自己想像中具有這些情感的人分享它們，就好像這些人是真的存在一樣。正因為這些人是我假想出來的，我不必憂慮他們會背叛我或拋棄我。他們會一直伴我度過不幸的日子，而有了他們的存在，我也就不再覺得自己是那麼不幸了。

所有一切又把我帶回到這樣一種命定的幸福溫馨的生活裡來。我一生中有四分之三的時光都是這麼度過的：全身心地投入到一切令我欣悅、極富教益的事物上，與依我心願臆造出的種種夢想的產物相伴相隨，或者只和自己在一起，因為我對自己是那麼滿意，僅僅這樣就可以享受到我認為自己完全應該得到的一切幸福了。而這一切只是出於對自己的一份愛意，與自負心不甚相干。可有時我也還會回到人群中去過悲慘的日子，為人們陰險的撫慰、誇張嘲諷的恭維或邪惡的諂媚所蠱惑，淪為他們的玩偶。這時無論我還能做些什麼，總免不了受自尊心的驅使，透過他們拙劣的偽飾，我看到的是他們心中充滿了仇恨和憎惡，這著實令我心痛欲碎。而一想到我竟如此愚昧地淪為他們的玩物，痛苦之上更是平添了一份無謂的氣惱，這些可都是愚蠢之至的自負心的產物，雖然我已感覺出自己有多傻，但是我已無力自拔了。為了習慣於經受這種侮辱嘲弄的目光，我不知做了多少努力。不下一百次，我特意從人群中走過，專往人群密集的地方去，惟一的目的就是鍛煉自己這種經受殘酷嘲弄的能力。可我不僅沒有達到目的，甚至無所進展，所有這些努力都是白辛苦，我和從前一樣易躁、易怒，和從前一樣容易受傷。

我是一個被自己的感官牢牢控制的人，無論做什麼，只要感官被刺激了，我就無法抗拒不去做了，並且一旦某樣東西作用於我的感官，我的情感便無法不為之觸動。但只要引起這份情感的感覺不存在了，這份情感也就立即隨之消散。一個滿懷仇恨的人出現在我面前，一定會令我坐臥難安的，可一旦此人消失，我就再也沒有了這種強烈的感覺。只要我不再看見他，我就根本不會去想他，我才不管他是否還在記掛著我呢，反正我是不會再去操他那份心了。只要不是眼下正感受著的痛苦，我絲毫不會受它的影響，而迫害者對我來說，也是眼不見為淨。我曉得自己這種態度會給那些操縱我命運的人帶來什麼樣的好處。就隨他們去擺弄好了。如果為了免遭他們迫害就不得不成日想著他們的話，我還是寧願毫不反抗地任由他們折磨。

而一生之中也只有當我的感官作用於我的情感時，我才會為之受苦。在看不到人的日子裡，我從來不會去思忖我的命運，甚至感覺不到它的存在。我不再在痛苦中受煎熬，我是那麼幸福，那麼滿足，沒有雜念，也不會受到妨礙。但是就在突如其來的時刻裡，哪怕是瞥見到的一個手勢，一種陰森的眼光，或是偶爾聽到的一個惡毒的詞，偶爾撞見的一個惡人，這類可感的傷害都足以使我心煩意亂，我根本避之不及。在這種境況裡我惟一可做的便是儘快忘記這一切，儘快地逃走。只要使我心煩的東西一消失，我的心便立即忘記了這份焦慮，在獨處中找回了安寧。而倘若我還有所焦慮的話，那就是在恐懼還會碰見什麼使我痛苦的東西。這正是我惟一的、卻足以取代我幸福的困苦所在。我住在巴黎，有時出了家門，渴望能享受一回鄉間的靜寂，然而要走這麼遠的路，早在我找到避難所可以暢懷呼吸以前，一路過來我就要與這麼多灼傷我心的東西遭遇，這樣一天之中倒有半天要在恐懼裡度過。所幸的就是還能平平安安走完這段路。擺脫了惡人樊籠的那一瞬真是美妙無比，一旦身處綠樹繁蔭之間，我就覺得自己是進了人間天堂，我品味著濃烈的欣悅之情，就好像是芸芸眾生裡最幸福的一個。

我還記得很清楚，在我那些極為短暫的光輝時刻，就是這種在今天看來是如此甜美的孤獨漫步，那會兒卻顯得枯燥無味，令人心煩。那時我若到鄉間做客，有時也一個人出去到戶外走走，呼吸呼吸新鮮空氣。我像個小偷一般悄然溜走，在公園裡或田野間散散步。但我遠遠不像今天這般能體味到這種幸福的安寧，剛才沙龍裡種種無聊的念頭還在我腦際縈繞，於是那些我剛離開不久的同伴好像又跟著我出來了。就算是一個人，自負的霧氣和塵世的喧雜也蒙蔽住了我的雙眼，使我無法看見清新的灌木，無法享受遁世的安寧。我枉然逃往森林深處，總有一大群討厭的人到處跟著我，遮住我面前的大自然。只是在擺脫了一切人情世故，擺脫了他們可悲的糾結之後，我才重又體味到大自然的種種魅力。

等我確信這無意識的衝動根本是無從遏制的時候，我放棄了一切努力。每每受到傷害，我就任由自己鮮血燃燒，任由自己的感官浸淫在憤恨和狂怒中，反正我無力遏制住，我就聽任這怒火以其天然狀態爆發出來，我要做的只是在其尚未產生後果之前，竭力阻止這種狀態延續下去。雙眼放光、滿面通紅、四肢顫抖，還有令人窒息的心跳，這一切都純粹是一種生理反應，理智是無能為力的，但只有在任由它原原本本地爆發出來以後，人方能重新控制住自己，漸漸恢復知覺。長期以來我努力想這樣做，可一直沒能做到，幸而到了最後還算有點成效。我不再拚命去作徒然的反抗，只聽憑自己的理智去行動，等待它取得勝利的那一刻，因為只有在我能聽到它說話的時候，它才會對我開口。唉！我這是在說什麼呢？唉！我的理性？把勝利歸功於它，我也許是大錯特錯了，因為壓根沒它的份。這一切都同樣源自我那多變的性格，狂風吹過便波濤翻滾，風平浪靜時又歸於安寧。我的躁動不安是出於我那熾烈的本性，可我能得以平靜下來亦是出自我另一種慵懶的本性。於是我聽憑自己為天性所驅，因為任何衝擊都只能是雖強烈卻短暫的一瞬。只要外界衝擊停下了，這一瞬動盪也就過去了，絕不會有什麼能一直延傳到我的心中。對於像我這樣複雜的一個人，命運的安排、人類的詭計又還能起到多大作用呢？真要想置我於長期的痛苦之中，則非得每時每刻都給我以新的痛感。

因為一經中斷，不論這中斷的時間有多長，都足以讓我回到自我之中。只要別人能作用於我的感官，他們就能拿我取樂，可一旦他們稍事鬆懈，我則又重新變回到天性使然的狀態裡來，這種狀態——不論他們做什麼——一直是我身上最為恒定的一種狀態。也只有在這種狀態裡，我才能無視命運的捉弄而幸福依舊，本來天之生我也就是為著讓我品嘗這份幸福的。關於這種狀態，我曾在一篇漫步中提到過。這種狀態是如此合我脾性，我再也別無他求，只求盡可能將它延續下去，只願它不要受到侵擾。人們加之於我的痛苦。無論以何種方式出現，都不會對我產生絲毫影響，要說還有所焦慮，那只是在恐懼，在揣測他們還要讓我承受什麼樣的痛苦。但我確信，他們再也沒有什麼新的花招能讓我沉湎於某種情感世界裡不能自拔，因此對於他們的種種陰謀，我只是覺得可笑，因此我依然能我行我素、自得其樂。

漫步之九

Neuvième Promenade

幸福是一種這塵世裡似乎無法享有的永久的狀態。在這個世界上，一切都不過是潮漲潮落，又何曾有過一樣東西能以固定不變的方式存在呢。我們周圍所有的事物都在變化之中，就連我們自己也是在不斷地變化，沒有人能擔保自己明天還依然愛著今天之所愛。因此我們所有的幸福生活之計都是自欺欺人。我們還是該在快樂來臨之際就盡情享用它，只要小心不要因為自己的錯誤而遠離這份快樂就足夠了，千萬不要做什麼計畫處心積慮地將之維繫下去，因為這些計畫說到底只是純粹的妄想而已。我很少看見別人的幸福之情，也許是從來沒有看見過。但我經常看見別人心滿意足。在所有給我留下了強烈印象的事情裡，這也是最使我自己滿意的一件。我想這是我的感覺作用於我內心情感的必然結果。幸福並沒有掛上明顯的標誌，要想認出它則非得讀明白幸福之人的心不可。但快樂之情卻能從一個人的眼睛、舉動、語調和步態裡讀出來，你會覺得他無處不在地向你傳遞這份快樂呢。難道還有比透過生活的重重烏雲，看見整個民族都沐浴在雖短暫卻強烈的快樂之光裡，心花怒放地慶賀一個節日更加歡暢的事嗎？

三天前，P先生[49]幾乎迫不及待地跑來給我看達朗拜爾先生寫給約弗蘭夫人的那篇頌詞。他說頌詞裡充斥著滑稽可笑的新詞怪字和文字遊戲，因此在沒讀之前就哈哈大笑了一陣。然後他就邊笑邊讀。我一本正經地聽著，根本不像他這樣。他見狀才安靜下來，不再笑了。這篇洋洋灑灑、措辭講究的文章描寫的是約弗蘭夫人如何樂於看見孩子，如何樂於逗他們說話。作者由夫人的這種態度引出人性善的一面的論證。但他不是僅僅停留在這個角度上，他最終的意圖在於控訴不以此為樂的人具有多麼邪惡的本性，根本就是惡念重重，甚至他還說如果就這點審問一下被判絞刑或車輪刑的人，一定毫無例外都有不愛孩子這一條。這些論斷放在這篇贊詞裡可真的產生了一種奇特的效果。就假定這些論斷是正確的，難道應該在這種場合下提出來嗎？難道應該用罪人的形象或酷刑的場面去玷污對一位可敬夫人的讚美嗎？我很快就明白過來這種卑劣的熱愛所蘊含的動機。P先生念完頌詞後，我告訴他我認為哪些地方寫得還不錯，同時我也補充道，能寫出這篇頌詞的作者，在他心中一定是仇恨多於友情。

49 指皮埃爾．普雷沃（Pierre Prévost），在盧梭最後的日子裡，他經常去探訪盧梭，那時普雷沃大約二十六歲。

第二天雖然寒冷，可天氣晴朗，我一直散步到軍事學校附近，想看看那裡長得正茂盛的苔蘚。我一路上都在想昨天P先生的來訪和達朗拜爾先生的那篇文章。我很明白這文章絕非毫無心機的七拼八湊，他們平常什麼東西都瞞得我很緊，那天卻如此殷勤地要把那本小冊子拿給我看，他們目的何在，我一目了然。我把我的孩子都送進了育幼院，僅憑這點，他們就足以把我歪曲成一個喪失天良的父親。他們懷著這樣的想法，再將之延伸一下，便漸漸推斷出一個顯而易見的結論，那就是我仇恨孩子。透過這樣的逐層推理，我著實為人類顛倒黑白的本領讚歎不已，因為我根本不相信還有人比我更加喜歡看孩子們在一起嬉戲玩耍的了。經常，走在大馬路上，或在散步途中，我都會停下腳步，懷著任何人都不會有的莫大興味看著小傢伙們打鬧遊樂。就在那一天，P先生來訪前一小時，我房東杜蘇索瓦家最小的兩個孩子才來過，他們當中大一點的大概只有七歲。他們如此情真意切地擁抱我，我也以柔情相報，雖然年齡懸殊極大，他們看來的確是發自內心地樂意跟我待在一塊兒。我看到自己這張老臉竟然沒有使他們厭煩，也真是由衷地欣慰。尤其是那個小的，似乎非常願意待在我身邊，於是比他們還要孩子氣的我打心底裡對他有份偏愛。看到他轉回家去，我更是那麼戀戀不捨，就好像這孩子是我親生的一樣。

我知道，在我將孩子送進育幼院的事情上，只要稍微添油加醋一番，就很容易把我歪曲成一個喪失天良的父親，指責我仇恨孩子。但是我之所以邁出這一步，根本就是在於倘不如此，他們的命運更是要不可避免地壞上千倍。如果我對孩子們的未來果真是漠不關心，在不能親自撫養他們的情況下，我完全可以把孩子交給他們的母親，任由她把孩子們寵壞，要麼交給孩子外祖父母家，那人們一定會把我的孩子塑造成魔鬼的。一想到這我就不寒而慄。在我看來，穆罕默德對賽伊德[50]做下的事，與日後別人有可能對我孩子做下的事相比，大概根本算不上什麼。他們後來為我設下的一個又一個的陷阱足以證明在這件事上他們的確早已謀畫好了，實際上當時我遠未料到他們那些惡毒的陰謀詭計。我只是暗暗覺得育幼院的教育對他們而言也許是最為妥善的，所以就把他們給送進去了。如果換到今天，此事依然有待我來決定，我仍然會毫不猶豫地這樣處理。我很清楚，只要世俗對我的天性不是那麼苛刻地壓制，對我孩子來說，我一定是天下最為仁愛的父親。

假如說今天我對人心已經有更多的了解，這完全得益於我看到孩子、觀察孩子

50 出自伏爾泰悲劇《穆罕默德》，賽伊德是穆罕默德的養子，穆罕默德愛上了賽伊德的妻子，強迫他離婚。

時的那份樂趣。可也就是這份樂趣，在我年輕時卻阻礙了我對人心的了解，因為那時只要一和孩子們在一起，我就一心只想著和他們怎麼開心怎麼玩兒，全然忘了要對他們稍事研究。可現在我老了，我那張滄桑日甚的臉會嚇著他們的，於是我儘量不惹他們心煩，我寧願節制一下自己的興味，也不願去驚擾他們的快樂。我滿足於躲在一旁悄悄地看他們做遊戲，有時還會有小小的惡作劇，我覺得這些觀察使我獲得了關於天性的衝動最初步、最真實的了解，而這一切恰恰是我們的學者一無所知的，由此我的犧牲便得到了補償。我在我的作品中所記錄下來的一切足以證明我從事這項研究時是多麼專注，是多麼興致勃勃，要說一個不愛孩子的人能寫出《愛洛伊絲》或《愛彌兒》[51]這樣的作品來，那不免是天下最令人難以置信的事情。

我從來不曾是個才思敏捷、能言善辯的人。而自從不幸降臨之後，我的語言和思想更是愈來愈遲鈍了。我轉不動一個念頭，也說不出一個詞，但是與孩子們交談，這著實要求有一種超常的辨別和選擇表達方式的能力。再說，聽眾又是那麼專注，我既然是特意為孩子們寫了幾本書，他們自然要將我的話奉為神諭，他們給我作品所作的這種注釋，這種分量，使我更加為難。就是這種極度的困窘，加之我自我感覺到的無能，使得我茫然無措，不知所以。我真覺得就算在隨便哪個亞洲君王面前，我也會比在一個需要絮絮叨叨與之說個不停的小傢伙面前更為自在的。

還有另外一個不便之處使得我同孩子們更加疏遠了。自從災難降臨之後，我仍然是很樂於見到他們的，但已無法與他們十分親近了。孩子們不喜歡衰老，那種老態龍鍾的樣子在他們眼裡是如此醜陋，而若看到他們對我流露出厭惡的表情，我會傷心的。如果要給他們帶來困窘和厭惡，我寧願克制自己愛撫他們的欲望。這種只有真正具有愛心的人才會產生的動機，對於那些男男女女的博學之士來說，當然不值一提。約弗蘭夫人就很少在意孩子們是否樂意和她在一起，反正只要她和孩子們在一道感覺開心就夠了。但是對我而言，這樣的樂趣不僅毫無意義，簡直可以說糟透了，因為倘若孩子們沒有感到同等的樂趣，這種樂趣就是相反的，在我這樣的年紀，在我今天的這種境況下，孩子們和我在一起時已不再會心花怒放了。也許極其偶然還能有這種可能，也惟其罕見，我才更覺其甜美，就像那天

51 兩部均為盧梭著作，前者發表於一七六一年，後者發表於一七六二年。

早上我與杜蘇索瓦家的孩子親熱時那樣，這不僅因為領他們來的保姆沒有強迫我——我自己當然也覺得無甚必要——非得在她面前說些什麼，而且因為我發現孩子們跟我在一起時一直都很開心，我沒讓他們感到有絲毫的不快和厭煩。

噢！如果還有這樣的短暫時刻，讓我得以享受到發自內心的親熱，哪怕是個尚在襁褓之中的嬰兒給我的愛撫，如果我還能在別人眼中看到因為和我相處而產生的一份愉悅和快樂，我的心靈得到的這雖然短暫卻很溫暖的宣洩將平息我多少的痛苦和悲哀啊！啊！這樣我就再也無須到動物中去找尋人類拒絕向我投來的善意目光了。我很少有機會在人群中辨出還有這樣的目光，可哪怕就偶爾的幾回，在我記憶中始終也佔有珍貴的一席。下面我要說的一件事，如果我處在別的任何一種境況下，怕是早忘了，但這事給我留下了非常強烈的印象，因為它足以說明我已落到何等悲慘的處境。

那是兩年前，我在新法蘭西咖啡館附近散了一會兒步，繼續向前走去。然後我往左拐，為了打蒙馬特高地那兒繞一圈，我就從克利尼昂古村穿過去。我漫不經心地走著，兀自沉醉在遐想之中，也沒留意身邊的事物，可突然之間我覺得自己的膝蓋給抱住了。我一看，原來是個五、六歲的小男孩，他拚命抱住我的膝蓋，用那樣一種親熱溫存的目光看著我，我真覺得五臟六腑都被他震動了。我自忖道：如果是我自己的孩子，他們也會這樣待我呢。我把孩子抱在手中，忘情地吻了吻他，然後繼續走我的路。我一邊走著，一邊總感到自己缺了什麼似的，愈來愈覺得有一種需要，使我不禁要折回頭去。我譴責自己怎麼能一下子撇開孩子就走，雖然他這番舉動並沒有什麼明顯的緣由，不過這裡面倒好像含著某種不可小看的靈感呢。最後我終於拗不過自己的欲望，掉回頭向那孩子跑去，重新抱起他，還給了他一點錢，向湊巧從身邊走過的小販買了幾塊糕點，然後就開始逗他說話。我問孩子他爸爸在哪裡，他指了指正在箍桶的那個人。我正準備離開孩子跟那箍桶匠談幾句，這時我看到一個臉色灰暗的男人搶在了我前面，我懷疑他就是被不斷派來盯我梢的密探之一。那個男人湊在箍桶匠耳邊嘀嘀咕咕的時候，我發現那箍桶匠定定地看著我，目光裡可沒什麼友善的意味。我的心一下子就抽緊了，趕緊匆匆離開這父子倆，走得迫不及待，簡直比剛剛折回頭時還要快，剛剛那份美好的心緒被攪得一塌糊塗。

但是打那以後我老是念念不忘當時的感覺。我數次從克利尼昂古村走過，總想再見到那孩子，但他和他的父親，我都始終未再見過。這次相逢留給我的就只有這份亦喜亦悲的回憶，宛如別的一切能深入我心的情感，勢必以苦澀而告終。

但一切都有所補償。如果說我的快樂是如此稀少、如此短暫，我卻能夠在它們來臨之際盡情享用，較之能經常享受它們時還要暢快。我反復咀嚼回味，時不時地就要回憶起當時的種種情景，因而無論它們是多麼罕見，但僅憑著一份純淨，我就遠比在我的輝煌時刻裡幸福得多。在極度潦倒時，往往只需一點點東西就足以使我們感覺到富有了。一個乞丐，他只要得到一個埃居就會感動得無以復加，換成一個富人，就算得到一袋金子也斷不致如此。如果人們看到，我趁迫害我的人麻痹大意時得以偷嘗到的這類稀有樂趣竟給了我怎樣一份感動，一定會笑話我的。其中最最甜美的，是四、五年前的一件事，每每我回想起來，都為當時能品嘗到這份樂趣而欣喜不已。

有個星期天，我和我太太到馬約門去吃飯。飯後我們穿過布洛涅森林一直走到拉米埃特花園，在那兒的草坪陰處坐了下來，等太陽落山再從帕西不緊不慢地走回家。這時，有個修女模樣的人領了二十來個女孩子來，一些女孩坐下了，另一些女孩則在我們身旁嬉戲玩耍。就在她們做遊戲時，有個賣蛋捲的小販走過，手裡拿著鼓和轉盤招攬顧客。我看見那些女孩子都挺眼饞那蛋捲的，而且其中有兩三個看上去大概身上有幾文錢，正在請求修女讓她們去碰碰運氣。修女猶豫著還沒讓步，我就叫過小販，對他說讓那些女孩每人玩一次，錢由我來付。聽到這話，那群孩子高興極了，僅僅這份喜悅，就足以讓我為此囊傾一空，並且讓我覺得是價有所值。

由於我看見她們一擁而上顯得有些混亂，便徵得修女的同意，幫女孩們在一邊排好隊，等她們轉完了再一個接一個地從另一邊離開。雖然輪盤沒有空門，即便沒有中彩她們至少每人也能得到一根蛋捲，因而她們當中任何一個多少都會有些高興的。為了使這件盛事的氣氛更加熱鬧一些，我悄悄跟小販說，讓他把平素那些巧妙的手段反過來用，儘量讓女孩們多中些彩，帳自有我最後跟他算。因為事先有所準備，所以最後總共中了一百多根蛋捲，小女孩每人倒是只轉了一次，我一向不贊成會產生不快的偏心以及過分的縱容，並且在這一點上從不讓步。我妻子也暗示贏得多的分一些給同伴，這樣大家差不多可以平等地分享，也就差不多同樣開心了。

我請修女也玩一次，當時還很怕她會不屑地加以拒絕，但是她好心地接受了，也和她帶來的那些寄宿生一樣轉了一下，沒有一絲作態地取了她應得的一份蛋捲。我真是對她懷有無盡的謝意，因為我覺得這是一種深合我心的禮貌，遠比那套矯揉造作要好得多。在這個過程中，小女孩們也發生了爭吵，一一告到我面前來為自己辯護，我乘機好好打量了她們一番。我發現她們當中雖然沒有一個算得上是漂亮，倒是有幾個還挺可愛的，足以彌補她們不太好看的地方。

最後我們高高興興地分了手，這個下午是我一生中回想起來感到最為滿意的一個下午。再說這場盛事花費也不算很大，我最多出了三十蘇[52]，可是我得到了一百埃居也買不來的快樂。真的，真正的快樂哪裡可以用金錢來計算呢。快樂也許更願意與銅板做朋友，而不是和金路易結交[53]。後來又有好幾次，我仍在同一個時間到同一個地方去，就是想再看看這群女孩子，但始終未能如願。

這又讓我想起另外一件差不多也是一個類型的樂事，在記憶中，它已經很遙遠了。那是在頗為不幸的年代，我混跡於富豪文人的圈子裡，有時不得不與他們分享某種可悲的樂趣。有一次我在舍佛萊特[54]，正趕上別墅主人的生日。她全家都歡聚一堂為她慶賀生日，為此用上了所有取樂的方法，沸沸揚揚的，表演、筵席、焰火，應有盡有。大家給折騰得頭昏眼花，連喘氣的工夫都沒有了，哪裡還有氣力玩樂。飯後我們跑到大馬路上去呼吸新鮮空氣，那兒正在舉行一種類似集市的聚會。我們也混進去跳舞，先生們放下架子找農婦共舞，不過夫人太太們仍然很矜持。集市上在賣一種香料蜜糖麵包，有一個同去的小夥子竟然買了一些然後一個個地擲向人群，看到那些可憐的農民一哄而上互相爭奪吵鬧的樣子，大家好不開心，競相效仿。麵包從左搶到右，姑娘小夥子們跑著、鬧著，踩過來踩過去的，大家似乎都以此為樂。雖然在我的內心沒有覺出一點點他們所感受到的那種快樂，但我也不好意思不像他們一樣。只是沒一會兒，我就厭煩了這種掏空口袋買人群相互傾軋的樂子，便丟下他們，獨自一人去逛集市了。市場上林林總總的東西著實讓我迷了一陣子。我看見有五六個薩瓦人圍著一個小姑娘，小姑娘掛

52 法國輔幣，相當於二十分之一法郎，即五生丁。

53 此處的「銅板」原文指四分之一個蘇；金路易是法國在一次世界大戰前使用的二十法郎金幣，上有路易十三的人頭像。

54 是皮埃奈家的產業，距離盧梭的隱廬不遠，因而盧梭在蒙莫朗西村居留時，常被邀請去舍佛萊特。盧梭與皮埃奈夫人交往很深。

在胸前的售貨筐裡還有十二個左右乾癟的蘋果，看樣子很想脫手。她身邊的薩瓦小夥子看上去倒挺想成全她的，不過他們只有兩三文錢，根本抵不了這些蘋果的價。這個貨筐對他們而言就好像是歐斯珀理德[55]的果園，而小姑娘呢，就是看著這園子的龍。這齣喜劇，我立在一旁欣賞了很久，最後我上前解決了這事。我向小姑娘買下了蘋果，然後分給周圍的小夥子。就這樣我眼看著一種年輕純真的快樂在我身邊彌漫開來，這真的足以使任何一個人為之感懷，因為每一個看到這個場景的人都在同樣地分享著這一快樂，而我，用這麼點錢就換來了它，我更為自己成就這一傑作而深感欣悅。

將此番樂趣與我才將逃離的那番樂趣作個比較，我很滿意地感覺到，一種是極為純潔的，另一種則是因擺闊心理而自然產生的，這兩者之間有著多大的區別呢？後者只能是出於譏諷調笑或自視甚高的輕蔑之情。你倒是想想，看到一大群貧賤的人為了渴望搶到一點點被踩得粉碎、沾滿了泥巴的糖麵包而相互推搡、擁擠、踐踏，從中究竟得到的是什麼樣的快樂呢？

在我這方面，我仔細考慮了一下我在某些時刻所急於品嘗到的這類快樂，我發現自己並非因為發了善心才體會到這份樂趣，也許更重要的在於我能看到一張張快樂的面龐。對於我來說，這似乎只是一種感覺，感覺到有一種深合我意的甜蜜。如果我自己看不到由我引起的這份滿意之情，我敢肯定這份快樂至少會少掉一半。這甚至可以說是一種與我本身不太相關的樂趣，它並不取決於我在其中發揮了什麼作用，因為在萬眾歡慶的節日裡，能看到一張張快樂的面龐，始終對我有莫大的吸引力。然而這種渴望在法國卻時常要落空。因為自稱快樂無比的法蘭西民族，實際上很少在他們的嬉戲中表現出什麼快樂來。以前我經常到農舍去看小老百姓們跳舞，但這些舞蹈可真是夠乏味的，那種舞姿裡簡直充滿了悲意，笨拙極了，我不僅沒有從中得到什麼快樂，看完了反而會傷心起來。可在瑞士的日內瓦，笑聲朗朗，從不會不停地轉化為輕浮邪惡的捉弄，一切都沐浴在節日的一份滿足與喜慶裡。在這節日的快樂中，悲淒從不曾展示過它那可厭的面孔，亦少有那種奢華的傲慢；安逸、友愛、和諧使得所有的心靈都快樂無比。就在這樣一種純真的快樂裡，素昧平生的人得以相互攀談、相互擁抱、相互分享節日的歡暢。我若是想享受這可愛的節日，都無須加入到人群中去，只要立在一旁觀看就足夠

55 希臘神話中守護大地女神該亞送給天后赫拉的金蘋果樹的女神。

了。看看他們我便能分享到他們的快樂，在這麼多被歡樂浸透了的面龐裡，我敢肯定再沒有哪個人的心比我的還要快樂了。

雖然這只是一種使感官得到滿足的快樂，其中當然也包含有一定的道德因素，因為即便看到的是同樣的面孔，而我得知這些面孔上的快樂愉悅之情，不過是他們惡意滿足後的流露，我不僅不會歡暢欣悅，相反會痛苦不堪甚而憤怒之至的。純潔無瑕的快樂是惟一能令我心得到快樂的。那種出於譏諷的殘酷的快樂，卻只能使我深深為之悲哀、心碎，哪怕它和我一點關係也沒有。當然，由於產生的機緣不同，這兩類表情肯定也不盡然相同。但是它們畢竟同為快樂的表情，這其中微妙的差異絕不會像它們所引起的我的心緒的起伏那麼大。

我對痛苦和悲傷的表情則更為敏感，看到這一類的神態，我更加心情激動，也許往往比這類表情本身所體現的情感要更為激烈。感覺，加之想像，使我與那不幸的人一道承受著程度相同的痛苦，我心中的憂愁比那個痛苦的人所感到的憂愁更甚。我實在無法忍受一張不快樂的臉龐，尤其是感到這份不快樂正衝我來的時候。以前我會傻乎乎地被別人拉到他家裡去住，而那裡的僕人總是會讓我為他們主人的殷勤好客付出昂貴的代價。他們極不情願地侍候我，給我埋怨的臉色看，我真不知為此付出過多少埃居呢。我總是不可能不被這些觸動人感官的事情影響，尤其是這類快樂或者悲傷的表情。我只能聽憑這些外界的東西給我心留下一個又一個的深刻印記，惟一逃避的辦法只能是一走了之，不見為淨了。哪怕是一個陌生人的一種表情、一個手勢、一個眼神，也足以攪亂我的快樂或平息我的痛苦。我只有在孤身一人時才屬於我自己，出了這個範圍，我便總是要淪為周圍所有人的玩偶。

以前，我也曾快樂地周旋於人世，可那時我看到的都是善意的眼睛，最多不過是由於不相識而表現出來的一種冷漠。然而今天，有人費盡心機地策畫讓天底下的人都來認識我這張臉，至於我的本性，他們則故意不予標誌了。走到街上，滿滿圍著我的都是令我心碎的東西，我只有趕緊邁開大步向田野奔去。只要看到一片蔥蘢的景象，我便又恢復了呼吸。在這樣的情況下，我對孤寂情有獨鍾又何足為奇呢？在人們臉上，我讀到的只是仇恨，而大自然卻始終如一地衝著我微笑。

不過我還得承認，如果別人認不出我這張臉，生活在人群之中依然是有快樂之處的。只是如今，這樣的快樂一般來說我已無福消受了。就在幾年前，我還很喜歡步行穿過農莊，看農夫修理連枷，看農婦帶著孩子站在門前。我也不知道是為什麼，這幅場景總讓我的心充滿了一種莫名感動。有時我會不知不覺地停下腳步，看著這些善良的人們嬉戲玩耍，有一種無從解釋的豔羨。我不知道那些人是不是又注意到我對這份小小的樂趣竟如此感懷，也不知道他們是不是將剝奪我享受它的權利。然而反過來當我發現自己途經之處，人們都拿那樣的一種神情看著我時，我就不得不明白這些人是絕不會再讓我這樣隱姓埋名下去的。在榮軍院[56]也有類似的事情發生，不過那事更為明顯罷了。我一直對榮軍院抱有好感，覺得設立這種機構真是件美好的事情。我總是滿心感動，滿心敬慕地注視著榮軍院裡的善良老人，他們也有資格像斯巴達的老人那樣說：

> 我們也曾經
> 年輕、健壯和驍勇[57]

我最樂意去的散步處所之一便是在軍事學校附近，在那裡時不時就會撞見幾個殘廢軍人，他們身上還保留著舊時軍人的一種善良。看到我經過，他們總會向我致以問候。這種問候使得我更加樂於見到他們，並且我的心一直報之以百倍的熱忱。由於我從來不曉得掩飾自己的感動之情，我就老是要和別人談到這些殘廢軍人，談到他們如何使我深深感動。這實在已錯得夠多了。過了一段時間，我發現他們好像都已經認識我了，或者更確切地說是更加不認識我了，因為他們也拿公眾的那種目光來看待我。眼裡沒了善意，也不再向我打招呼了。取代他們初始那種溫文爾雅的態度的，是一種令人厭惡的表情和一種兇殘的眼神。也許是因為他們過去所從事的職業吧，他們不懂得像別人那般用冷笑和虛偽去掩飾他們的厭惡，他們對我的強烈仇恨是那麼明明白白、一覽無遺。憑我的判斷，我覺出他們當中有些人已對我燃起了熊熊的仇恨之火，這真是慘到極點的事情啊。

自此以後再到榮軍院附近去散步，我就不再那麼快樂了，但是，由於我對他們的感情並不取決於他們對我的態度，看到這些曾經保衛過我們祖國的老人，我依然對他們懷有一如既往的尊敬和善意。然而看到我對他們的公正之心竟得到了這樣

56 L'Hôtel royal des Invalides，又稱「傷兵院」，為路易十四所建，為收容年老以及因戰場傷殘的軍官士兵。
57 這是斯巴達人用來伴舞的民歌。

的回報，我又怎能不為之受到煎熬呢？幸而我還能碰到一個未曾接受過公眾教誨的人，或者偶爾沒被認出來，因而沒有看到什麼厭惡之意的流露，甚至能得到善意的問候，這也就足以補償其他人對我的那種可厭的態度了。我會忘卻其他所有人的存在而獨獨將他記在心裡的，我會想起在這世上還有一顆與我一般的、仇恨無法滲進的靈魂呢。就在去年，當我渡河去天鵝島[58]時我還品嘗過這類的快樂。那天有個可憐的殘疾老軍人坐在船上，正等人上船一同過河。我上了船讓船夫馬上開船。恰巧那會兒水挺急的，因而渡河的時間比平時要長些。剛開始，由於我平素遭慣了冷淡的白眼，我幾乎不敢和這個殘疾軍人搭訕。但他那善良的神情使我放下心，我們就聊上了。我覺得他是個通情達理，同時也很具道德感的人。起初我驚詫於他竟會用如此不加設防、如此和藹可親的語調跟我說話。我真是高興極了，我還不曾習慣別人對我這麼友善呢。到後來我才聽說他剛從外省來不久，這樣我也就不以為怪了。我明白過來別人還沒來得及教他辨認我的相貌，還沒來得及給他什麼指示呢。我就利用這不為人知的一瞬同一個人交談了片刻，從中我發現，即便是最最普通的樂趣，如果不常得到，也足以使之具有無上的價值，變得甜美無比。從船裡出來，他摸出他那可憐的兩文錢來付船資。後來我搶先付了，還暗暗害怕他會感到惱火，顫聲請他把錢收起來。他一點兒也沒生氣，他似乎懂得我的確出於好意，尤其是當我得知他年紀比我還要大我就伸手扶他下船時，他更感動了。誰能相信我為此竟十分孩子氣地放聲大哭起來了呢？我非常想在他的手心裡放一枚二十四蘇的銀幣，好讓他去買點菸抽，但我始終沒敢。同樣的一份羞怯之情，常常會阻礙我做類似的原本會令我十分歡喜的好事，到了最後我往往只能為自己的軟弱和無能而扼腕歎息。不過這一次離開這位殘疾老軍人之後，我在想，如果這樣的熱心腸裡摻進了金錢的意味，玷污了它原本的那份聖潔，降低了它原本的那份公道，可不是違反了我自己的原則嗎？當別人有所需要時，我們確實應當儘快伸出援手，但在日常生活中，我們則應聽憑我們天性中原有的善良和高尚去自行其是，絕不能讓這聖潔的心源沾染上一點點唯利是圖、貪婪重財的東西，那會使它腐敗變質的。相信在荷蘭，連問個時間、問個路都要收錢。如此說來，這真是個可鄙的民族，因為他們連人類最為淳樸的道義也要標價出賣。

我發現，只有在歐洲，接待客人也是明碼標價的，在整個亞洲，人們都是免費讓客人留宿的。我知道也許在那裡的確沒那麼多奢華的享受條件。但是當我們能對

58 天鵝島是塞納河中的一座小島。

自己說：我是人，受到了人的款待，這一切又還算得了什麼呢。純潔的人性為我們提供了安身之所。如果心靈能受到很好的對待，肉體上小小快感的損失根本沒有痛苦可言。

漫步之十

Dixième Promenade

今天是聖枝主節，我認識華倫夫人已整整五十年了[59]。那時她二十八歲，正好與本世紀同齡。我則還沒滿十七歲，也不曾知道自己那尚未定型的性格，會為她那顆充滿活力的心注入新的溫情。如果說，她對一個溫柔謙遜又不乏活力的英俊少年抱有好感不是什麼值得大驚小怪的事的話，那麼，這樣一個機智優雅、風韻十足的女人，我會對她懷有一種類似感激又不盡然的最最溫存的情感，就更不足為奇了。奇怪的卻是這最初相見的一瞬竟會決定了我的一生，彷彿有條鍊子似的無可避免地連貫下去，我餘生裡的命運就全交給了它。而那時，我身心各方面都還不夠成熟，還沒曾具有什麼可貴的品質，靈魂也沒有定型，依然在等待著能有所確定的那一時刻。雖然這次相遇加速了這個時刻的到來，卻也不曾來得很早，因為我所接受的教育告訴我的，都是些簡單質樸的倫理道德，我便只是想看著這種愛情與純潔在心中並存的甜蜜短暫的狀態延續下去。可就在此時卻讓我離開了她[60]。所有一切都要讓我惦念她，我必須回到她身邊。這次回返決定了我的命運，其實早在真正擁有她之前，我就只活在她的世界裡，只為她而存活。啊！如果我的存在也曾使她心滿意足、別無他求，如同她就是我的全部一般，那該有多好啊！我們在一起的時光又會是多麼安寧和甜美！我們是有過這樣的日子，可真是轉瞬即逝，著實太短了，隨之而來的又是什麼樣的命途啊！每天每天我都滿懷喜悅、滿懷感動地憶起生命中這段絕無僅有的短暫時光，此時我才是真正完整的我，純正、無阻，才是在真正享受生活。就像從前韋斯帕薌統治下有位法官被貶謫鄉間，在那兒頤養天年時所說的一句話：「我在這世上活了七十年，可真正可稱之為生活的，只有七年。」[61]如果不曾有這珍貴的瞬間，也許我至今還不甚明白我自己，像我這樣一個軟弱無用、任人左右的人，在一生其餘時間裡，都為別人的激情所擺布、振盪和糾結。這樣風風雨雨的日子裡我差不多完全處在被動地位，總是被不得已而為之的事情壓得喘不過氣來，即使是自己親為，也沒多少心甘情願的成分在裡面。然而就在這短短幾年裡，我享受著這樣一位善良、溫存的女人的愛情，我做著我想做的事，做著我想做的人，充分利用了自己的閒暇。在她的教導和示範下，我終於使自己這顆依然純稚如初的靈魂得到了一種愈

59 盧梭的這篇漫步寫於一七七八年四月十二日，距離他在一七二八年與華倫夫人初次見面恰好整整五十周年。五月十二日，作者離開巴黎遷居他處，七月份猝然去世，這篇漫步因而也就未能完成。

60 盧梭與華倫夫人初次見面後不久，華倫夫人就把他送往義大利都靈的一個天主教教養院。

61 出自克維埃的《古羅馬皇帝史》，但這裡盧梭有誤，這位皇帝應是哈德良（Hadrien）而非韋斯帕薌（Vespasien）。

來愈合適、並且永遠保留下去的形式。對孤寂和冥思的興味，伴隨著我心賴以為生的外向而溫柔的情感，在我心中不斷地滋長著。喧囂和嘈雜會束縛乃至窒滅我的情感，而平靜和安寧卻能使之重燃且激昂起來。我只有在靜心冥思時才有愛的能力。我說服了媽媽[62]到鄉間去住一陣子，我們的避難所就是山坡上的一座孤零零的小屋，也就是在那兒，雖然只有四、五年的時間，我卻享受到了一世純淨豐滿的幸福生活，它的魅力遮住了我的命運所呈現出來的一切可怕之處。我需要一個稱心的情人，我正擁有著她；我渴慕鄉間的生活，我也得到了；我無法忍受束縛，我又完全自由，也許比自由更好，我只聽從我的愛好，做我願意做的事情。我所有的時間都充滿情意綿綿的關懷，充滿一派田園風光。除了希望這種狀態能一直延續下去，我再也別無他求。我惟一的痛苦就是害怕好景不長，這害怕不是毫無來由的，因為我們的處境的確出現了困難。後來我就一直想找些事來分散我的憂慮，同時這些事也是我用來防止日後可能產生的惡果之法。我覺得儲備一些才幹是對付困境的最好手段，因此我下定決心在我的閒暇時間著手作些準備，從而，如果有可能的話，來報答我從這位最最出色的女人那裡所得到的幫助。

62　盧梭自十七歲回到華倫夫人身邊起就稱她為媽媽。

盧梭生平和創作年表

一七一二年六月廿八日　出生於瑞士的日內瓦。
一七一九年　讀遍家中藏書。
一七二二年　寄宿於舅舅家，後與表兄弟前往包塞（Bossey），寄宿朗拜爾西埃先生家，學習拉丁文。
一七二四年九月　與表兄弟回到日內瓦。
一七二五年　先在馬斯隆先生處學當書記。四月，又換了一個工作，當雕刻師杜康曼先生的徒弟。
一七二八年三月十四日　離家出走。三月廿一日，在法國安錫市（Annecy）初識華倫夫人，後經夫人介紹前往義大利都靈（Turin）修道院，過了兩個月教會生活。
一七三〇年　與麥特爾先生前往法國里昂，並在洛桑當音樂教師。
一七三一年　先當希臘主教的書記，後往巴黎為軍人助手。
一七三二年　回到法國尚貝里（Chambéry）華倫夫人處，並開始從事音樂工作。
一七三七年　因化學實驗雙眼受損，遷往沙爾麥特村。曾一度往蒙佩利埃（Montpellier）就醫。

一七四二年八月廿二日，在巴黎科學院提出《新樂譜記譜法》。

一七四三年　到威尼斯法國大使館當祕書，並陶醉在義大利音樂環境裡。

一七四四年　與蒙太居伯爵爭吵，便離開大使館，前往里昂會見父親，後重返巴黎。

一七四五年　初識戴蕾絲．瓦瑟（Thérèse Levasseur），隨即與之結合。

一七四六年　第一個兒子出生，送到育幼院寄養。

一七四九年　往範塞納堡探望狄德羅，看見第戎文學院的徵文，決定應徵。

一七五〇年　應徵的論文榮獲首獎。

一七五二年　歌劇《鄉村卜師》正式上演，深獲好評。

一七五四年　與果佛古爾和瓦瑟同往淪亡的日內瓦，並順道去探望媽媽，起草《民約論》。

一七五七年　開始寫《新愛洛伊絲》。因與烏德托夫人相愛，引起埃皮奈夫人和狄德羅等人的怨恨。準備撰寫《愛彌兒》。

一七六二年　法國法院對盧梭發出逮捕令，並查禁他的書，於是搬往伊弗東隱居。不久，瑞士也查禁他的書。同年，華倫夫人逝世。

一七六三年　遷居訥沙泰爾，接受普魯士國王的庇護，同時放棄日內瓦的公民權。出版《致畢蒙教皇書》。

一七六四年　接到科西嘉革命者的邀請擔任制憲工作，但未能成行。出版《山間信箚》。

一七六六年　與瓦瑟前往英國。

一七六八年五月　與瓦瑟由英國的多佛港乘船回到法國的加萊港。前往巴黎和里昂採集植物。八月二九日，與瓦瑟在布戈市正式舉行婚禮。

一七六九年　與瓦瑟由布戈市遷往蒙魁鎮的一所農場居住。

一七七〇年　重返巴黎，謄寫樂譜和作曲，並準備寫《對話錄》。

一七七六年　完成《對話錄》，想送聖母院祭壇前存放，未成。十月，在美國蒙特鎮附近散步，被馬車撞傷。

一七七八年七月二日　逝世於法國愛美蒙美爾鎮（Ermenonville）。

NeoReading 01
作　　者　盧梭（Jean-Jacques Rousseau）
譯　　者　袁筱一
責任編輯　劉容安
行銷企畫　翁紫鈁

出 版 者　自由之丘文創事業／遠足文化事業股份有限公司
發　　行　遠足文化事業股份有限公司（讀書共和國出版集團）
231新北市新店區民權路108-3號6樓
電話：02 2218 1417　傳真：02 8667 7155
劃撥帳號：19504465　戶名：遠足文化事業股份有限公司
封面設計　丁威靜
內頁排版　黃暐鵬
印　　製　成陽印刷股份有限公司
法律顧問　華洋國際專利商標事務所　蘇文生律師
定　　價　240元
初版一刷　2011年9月
三版四刷　2023年10月
I S B N　978-986-989-453-1
Printed in Taiwan

一個孤獨漫步者的遐想（三版）

國家圖書館出版品預行編目資料

一個孤獨漫步者的遐想／盧梭（Jean-Jacques Rousseau）著；袁筱一譯
－三版. －新北市：自由之丘文創出版，
遠足文化事業股份有限公司發行，2020. 07
面；　公分. —（NeoReading；1）
譯自：Les reveries du promeneur solitaire
ISBN 978-986-989-453-1（平裝）
876.6　　109007936